AF405521

Lom
PALABRA DE LA LENGUA
YÁMANA QUE SIGNIFICA
Sol

Estay Stange, Verónica Liliana
La resaca de la memoria [texto impreso] / Verónica
Liliana Estay Stange. –1ª ed.– Santiago, 2023.
210 p.; 14 x 21,5 cm. (Colección Narrativa).

ISBN: 978-956-00-1721-5

1. Novelas chilenas I. Título. II. Serie

DEWEY: Ch863.–cdd 21
CUTTER: ES79rf

FUENTE: Agencia Catalográfica Chilena

© LOM EDICIONES
Primera edición, julio 2023
Impreso en 1.000 ejemplares

ISBN: 978-956-00-1721-5
RPI: 2023-A-7000

DISEÑO, EDICIÓN Y COMPOSICIÓN
LOM ediciones. Concha y Toro 23, Santiago
TELÉFONO: (56-2) 2860 6800
lom@lom.cl | www.lom.cl

IMAGEN DE PORTADA: «Tourbillon» de Rafael Monreal Urrutia

Tipografía: *Karmina*

IMPRESO EN LOS TALLERES DE GRÁFICA LOM
Miguel de Atero 2888, Quinta Normal
Santiago de Chile

Verónica Estay Stange

La resaca de la memoria

Herencias de la dictadura

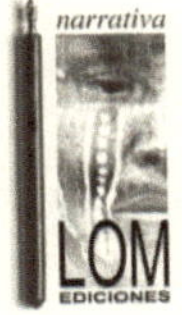

A Denis, mi compañero
de búsqueda,
de lucha,
de vida.

A Duan,
mi primo,
mi hermano del alma,
niño clarividente
ávido de justicia
que demasiado pronto
partió.

Nada he vivido. Al menos nada de lo que contaré aquí. Nada que pueda explicar la violencia de ciertas emociones largamente silenciadas, ni aun esta íntima convicción de que, por el contrario, todo he sentido, todo he visto, como alguna vez lo sostuve, en mi temprana adolescencia, frente a los adultos sorprendidos de que semejante afirmación fuera pronunciada a la edad en que la vida recién comienza. «*J'ai plus de souvenirs que si j'avais mille ans*»[1]. Me apropié ese verso trillado imaginando que yo era la primera en descubrirlo o que yo misma lo había escrito. Es un poco de lo que se trata, y sin duda una de las razones por las cuales el *Spleen* de Baudelaire me fascinó al punto de conducirme, mucho más tarde, a escribir una tesis sobre el simbolismo –vaya idea para una pequeña latinoamericana la de enfrentarse a ese monumento de la literatura francesa–. Pero necesitaba decirlo y pensarlo en francés, ya que para entonces mi lengua se me había vuelto demasiado estrecha. No porque fuera imperfecta, como todas las lenguas, ni porque no hubiera producido versos capaces de expresar esos estados del alma, sino porque era la mía. Y es un poco de eso también de lo que se trata: la imposibilidad de habitar la propia lengua, el propio país o la propia casa.

¿Por qué? Durante mucho tiempo lo desconocí. Pero, tras varios años de análisis metódico, con altura de miras y algunas canas que ineluctablemente se asoman entre mis cabellos, se volvió más claro: porque estoy atravesada de historias, de Historia. Como si otras personas, muertas o vivas, irrumpieran en mi pensamiento, en mis

---

[1]   «Tengo más recuerdos que si tuviera mil años». Charles Baudelaire, «Spleen» (1869).

sueños o en mis recuerdos, cuando menos me lo espero. Como si *yo* fuera no solo *otro* −he aquí mis viejos amores literarios que retornan−, sino *tantos otros* que para hablar de *yo* hubiera que remontarse hacia mucho antes de su nacimiento y evocar lugares que *yo* apenas conoce, que él o ella no conoce, y que él o ella nunca conocerá.

Es de esos otros que hablaré; no es sino de ellos que, a fin de cuentas, uno puede hablar cuando nada ha vivido −o casi nada− y sin embargo, entre el vértigo y la náusea, ve desfilar en su mente las innumerables imágenes de un relato ajeno.

Hija de exiliados políticos que huyeron de la dictadura de Pinochet en Chile, *yo*, permeable como una esponja, absorbió en efecto las experiencias más diversas. Nacida y crecida en México, tuvo siempre el deseo, la esperanza o la necesidad apremiante de «volver a Chile» −decía ella, sin siquiera haberlo conocido−, hasta que se hizo evidente que ese «paraíso perdido» estaba de hecho perdido y que, ante la incomodidad de sentirse extranjera en su país de nacimiento y también en el de sus padres, no había más remedio que encontrar un tercero −Francia, por ejemplo− donde, extranjera de verdad, pudiera asumir plenamente esa extranjería y habitarla, por fin, como una patria.

Hija también de sobrevivientes de la prisión y la tortura −sus padres, al igual que muchas otras personas en esa época, acumulaban las etiquetas−, desde pequeña *yo* siempre tuvo un miedo atroz de la «guerra». Esa palabra condensaba ideas e imágenes que traía a cuento sin saber por qué. La persecución. Los allanamientos en las casas. Los montones de libros quemados. Los fusiles apuntando a los transeúntes. Los culatazos. Los gases lacrimógenos. El guanaco escupiéndole a la multitud acorralada. Los desplazamientos a hurtadillas durante el «toque de queda», término misterioso que implicaba algo así como la obligación de «quedarse» en algún lado, sin moverse, como en el juego de las estatuas. Los tanques listos para aplastar las piernas de los presos tendidos sobre el pavimento, como lo había visto en alguna fotografía de un libro situado en lo alto de un estante y al que supuestamente no debía tener acceso.

Siguiendo una compleja cadena de asociaciones, las imágenes que el término «guerra» convocaba se cristalizaron en la figura del Tirano. Inmóvil en un retrato, con los brazos cruzados y rodeado de sus secuaces, ese dictador de lentes oscuros parecía increíblemente poderoso y pesado; una especie de gigante capaz de aniquilar todo a su paso. Y, cuando los adultos evocaban la posibilidad de que Pinochet «cayera» pronto, *yo* temblaba ante la idea de que, por alguna desafortunada coincidencia, fuera a caer precisamente sobre su casa. Sentado en el trono, irrumpiría como un meteorito abriendo un inmenso hoyo en el techo del comedor, y entonces, ¡ay!, no solo no tendríamos ya dónde vivir, sino que estaríamos, definitivamente, en «guerra». Como si Dios pegara un puñetazo sobre la mesa, el dictador habría logrado dar un nuevo «golpe», pero esta vez en México, y directo sobre su hogar.

Por cierto, *yo* era también la sobrina de un hombre que había hecho cosas terribles durante la dictadura. Dado que no lo conocía, le tomó algún tiempo percatarse de que, siendo el «hermano de su padre», le correspondía naturalmente ser su «tío». Diablos. Si en su núcleo familiar se hablaba poco de las historias que la atravesaban, lo cual parecía lógico ya que eran demasiado tristes y tendían a arruinar el ambiente, de esta se hablaba aún menos. *Lo que se hablaba* era en realidad lo que hablaba su madre, escrupulosa psicóloga que, por un acuerdo implícito o explícito con el padre, había asumido la responsabilidad de la transmisión de ese duro pasado que era conveniente revelar a los hijos desde pequeños para que nunca tuvieran la impresión de que se les había ocultado algo, pero de una manera muy delicada y cuidadosa para que no fueran a quedar traumados. Así, sobre el asunto del tío, la madre dijo lo suficiente para que *yo* no se sorprendiera si un día alguien, al escuchar su apellido durante una cena, se levantaba de la mesa y se iba –lo cual efectivamente ocurrió, aunque tres décadas más tarde–, o si alguien más llegaba a reprocharle el hecho de ser la sobrina de un criminal y uno de los traidores más famosos de Chile –lo cual, por fortuna, no sucedió, si bien ella misma se lo reprochó alguna vez–. En adelante, ese personaje misterioso pasó a ser *el tío del que no se hablaba*. Un secreto, podría decirse; una suerte de trauma dentro del trauma.

Tales son, a grandes rasgos, las experiencias que, a través de oscuros mecanismos, *yo* hizo suyas. Con frecuencia la gente le hacía observar que era demasiado sensible y tenía gustos bastante mórbidos. En efecto, durante cualquier funeral podía ocurrir que se sintiera casi más abrumada que los parientes del difunto. En cuanto a sus centros de interés, no solo la atraían los poetas malditos y los pintores prerrafaelitas —«la blanca Ofelia flotando como una gran flor de lis»[2] la fascinaba—, sino también las películas policiacas y los documentales sobre asesinos en serie o criminales de masa. Sin embargo, esas inclinaciones inherentes a ella no bastarían para explicar el mal que la aquejaba. Por otra parte, es preciso reconocer que, a pesar de los tristes asuntos que de vez en cuando la ocupaban y de las facetas sombrías de su personalidad, *yo* era una niña feliz. Solo un poco vieja...

Más allá de los secretos y dramas de familia, estas historias entrecruzadas a través de las cuales *yo* se fue vaciando y llenando, remiten, de una u otra manera, a la Historia de todo un país. Las palabras que designan sus temas, figuras y motivos son apabullantes, y adquieren todo su peso cuando se las pronuncia una a una, asociándolas al relato histórico pero también, juntas y entremezcladas, a nuestro pequeño relato personal: prisión, tortura, exilio, desaparición, traición, crímenes de lesa humanidad... Se requiere tiempo para asimilarlas y entender que de eso también —pero no solo de eso— estamos hechos, en la medida en que eso constituye, en parte, nuestro legado.

Joven y vieja, despojada de sí misma e invadida por otros, *tras varios años de análisis metódico, con altura de miras y algunas canas que ineluctablemente se asomaban entre sus cabellos, yo* entendería que, como al día siguiente de una borrachera, a la vuelta de una historia —de una Historia— tan tormentosa, es inevitable amanecer (o

---

[2] Arthur Rimbaud, «Ofelia» (1870).

nacer o crecer) con «resaca». Flotante, sin asidero, hipersensible y a la vez como ausente del propio cuerpo. Con náuseas, vértigo, mareos, un cansancio de siglos y un *spleen* del demonio. «Caña», se dice en Chile; «cruda», en México.

Curiosa, en busca de explicaciones y material para inventarse un relato propio, *yo* quiso saber si otras personas padecían esos síntomas. Alguien designó esa extraña patología bajo el nombre de «posmemoria»[3]. *Yo* le preguntó a la gente, fue a entrevistar a la hija o al hijo de tal o cual, vio decenas de documentales y reportajes, leyó testimonios, novelas, cuentos, poemas. Hizo traer cajas repletas de libros desde el otro lado del mundo. Pasó meses encerrada en una biblioteca, y otros tantos en su cuarto de estudiante. De imagen en imagen y de página en página, conoció a Macarena, Álvaro, Alejandro, Nona, Laura, Paula, Albertina, Raquel, Ernesto. Y a Rafael, niño terrible, «viejo chico» que luchaba furioso contra monstruos imaginarios. A Patricio, que consumió todas las drogas psicotrópicas del catálogo farmacéutico para olvidar recuerdos que no eran suyos. Y a Ángela, quien, durante la audiencia por la desaparición de sus padres, reforzó el diagnóstico que *yo* había formulado.

—Cuéntame, Ángela, qué fue lo que ocurrió.

Ángela cuenta; *yo* la escucha atentamente, o más bien la lee: se trata de una novela testimonial[4], y *yo* sigue encerrada en la biblioteca.

—Ese día —dice Ángela—, me sumé al «*tour*» para reconstituir la escena del secuestro de mi papá y mi mamá, desaparecidos durante la dictadura argentina.

—¿Hicieron el «*tour*» a pie?

---

[3]   Marianne Hirsch, «Past lives: postmemories in exile», en *Poetics Today*, vol. 17, n° 4, Duke University Press, pp. 659-686, 1996 ; *Family Frames. Photography, Narrative, and Postmemory*, Harvard University Press, 1997 ; *The Generation of Postmemory. Writing and visual culture after the Holocaust*, Nueva York, Columbia University Press, 2012.

[4]   Ángela Urondo Raboy, *¿Quién te crees que sos?*, Buenos Aires, Capital Intelectual, 2012.

–No, tomamos un bus; un bus «donde viajaban jueces, testigos, fiscales, secretarias, notarios, abogados, defensores, querella, custodia, camarógrafo, sonidista, periodistas»…

Durante la reconstitución de la escena, el rostro de Ángela palidece. No es ella quien lo dice; es *yo* quien lo deduce.

–¿Cómo te sientes?

–Mal, las imágenes del pasado se acumulan, y me hacen flaquear.

–¿Algo más?

–«Rodillas flojas. Vértigo». Días antes, los jueces me habían preguntado «qué consecuencias produjeron en mí los hechos del 17 de junio de 1976».

–¿Qué les respondiste?

–Es mi cuerpo el que responde ahora, expulsando un vómito mayúsculo. «Vomitado todo lo que supe, lo que recordaba, lo que pude averiguar. Vomitada la soledad, vomitada la impotencia».

Yo toma nota: el cuadro clínico es bastante claro.

Mariana Eva, la valiente «Princesa Montonera»[5] cuyos padres también desaparecieron, se ha visto igualmente indispuesta.

–¿Cuándo ocurrió?

–En ciertas noches de juerga, hube de retirarme a mis aposentos para terminar arrodillada frente al retrete, «llorando que vomitaba Historia –con mayúscula la vomitaba–».

Yo toma nota nuevamente. En este caso, la «resaca» es más literal. Habiendo cometido excesos etílicos semejantes, supuso que las purgas de ese tipo eran necesarias, aunque nunca suficientes, para vaciarse de un pasado que la desbordaba. Hasta que, como todos aquellos en los cuales pudo reconocerse, descubrió que escribir era otro modo de vomitar, escupir, transpirar, llorar o sangrar la Historia.

---

[5]   Mariana Eva Pérez, *Diario de una princesa montonera. 110% verdad*, Marbot, Barcelona, 2016.

Más tarde llegó Gabriela[6]. Se instaló en la pieza, detrás de la pantalla de la computadora.

–Cuéntame, Gabriela, tú también, tu historia.

–«Yo tengo 5 años. Digo, no lo entiendo. Nos vendaron los ojos, nos ataron las manos con cables y nos pegaron y nos pegaron. Nos cargaron en un avión, nos pegaron a trescientos metros de altura. Escuché. Picana, submarino, simulacros de fusilamiento, golpes, las muertes, los centros de detención, las torturas. [...] Vi a mi hijo destruido. Rondaba la muerte».

Tienes cinco años, Gabriela, y viste a tu hijo destruido. Tienes cinco años, estás viva, y te han torturado de todas las formas posibles; tu cuerpo fue arrojado desde lo alto de un avión. Hay algo que no cuadra. No eres tú misma, Gabriela, ya no estás aquí: has incorporado las experiencias del mundo entero.

–«Lo he visto todo –dice–. No he visto nada».

–¡Yo tampoco!

–«Es una cuestión de tiempo. Estoy sin identidad».

–¡Yo también, yo también!... ¿Qué sientes, Gabriela?

–«El recuerdo como un túnel, un movimiento centrífugo y una sensación de mareo...».

Al cabo de sus investigaciones, *yo* confirmó su intuición.

Descendientes de expresos políticos, de torturados, de detenidos desaparecidos, de exiliados, de neutrales, de victimarios incluso, todos llevamos la muerte o la sobrevivencia a cuestas, llenos y vacíos de un pasado que, en su permanente retirada, no termina de pasar. *Yo* es también *ellos*. Y *tú*, *ustedes*, *nosotros*.

Aunque nada hemos vivido, tenemos mil años de recuerdos.

La resaca de la memoria: ese es nuestro mal.

---

[6] Gabriela Golder, *En memoria de los pájaros*, 2000. película documental.

Primera parte

La partida

Así es mi vida,
piedra,
como tú. Como tú,
piedra pequeña;
como tú,
piedra ligera;
como tú,
canto que ruedas
por las calzadas
y por las veredas;
como tú,
guijarro humilde de las carreteras;
como tú,
que en días de tormenta
te hundes
en el cieno de la tierra
y luego
centelleas
bajo los cascos
y bajo las ruedas;
como tú, que no has servido
para ser ni piedra
de una lonja,
ni piedra de una audiencia,
ni piedra de un palacio,
ni piedra de una iglesia;
como tú...

León Felipe, «Como tú», 1920.

¿Nada? Nada. ¿De verdad nada? Nada. ¿Absolutamente nada? ¿Nada de nada? Bueno, algo quizás, pero solo un poco. Anécdotas banales, un par de golpes duros, una que otra calamidad, sí, como le ocurre a cualquiera, pero ciertamente nada que permita construir una historia ejemplar de la que *yo* sería la heroína. Ningún sufrimiento que se pueda transformar en eslogan político. Ninguna gran misión por cumplir, ninguna utopía tampoco. Llegamos demasiado tarde. Los roles ya fueron asignados; no hay lugar sino para los figurantes. Hasta el coro está constituido. Los fantasmas deambulando entre las ruinas, por centenas, ¿los ves? Frente a ellos, el vacío se vuelve más profundo. Uno se siente lleno de ausencias; vacío, pues. Y luego, nada.

Esto es lo que harás: vas a limpiar el vacío, despojarlo de la más mínima pelusa para que quede realmente vacío. Vas a ahondar en él, identificando su extensión y sus límites. Vas a designarlo luego, significarlo de alguna manera; una palabra que aparece o desaparece sin que nadie se lo espere, una imagen evanescente, una flecha acompañada de un anuncio. «¡Cuidado! Aquí, el vacío». Y, una vez que lo hayas delimitado y señalado, construirás sobre él una casa. Una casa falsa, como el castillo de la Princesa. Todos sabrán que es falsa y no tiene cimientos, pero eso no la hará sino más bella, más aérea. Con palabras, una casa. Será preciso, sin embargo, ponerle un poco de *yo* para que puedas habitarla. *Yo-piedra. Yo-ladrillo. Yo-guijarro.*

Tal fue, en suma, el procedimiento. Pero, para circunscribir y vaciar el vacío hasta el final, hubo que hacer un balance de la situación: lo que uno sabe, lo que no sabe, lo que nunca sabrá. Volverse el detective de sí mismo. Auscultarse minuciosamente. Tomarse el pulso. Reconocer la huella de lo que no nos pertenece. Buscar las reminiscencias adheridas a la piel. Recoger los caracoles y conchitas que la memoria, al retirarse, dejó sobre la arena; guardarlos en el cofre de tesoros o donarlos a un museo, después de haberlos registrado en el inventario. Identificar, en negativo, las piezas que faltan. Investigar. Hacer preguntas impertinentes. Husmear en los asuntos ajenos. Escrutar los periódicos, los álbumes de familia. Hurgar en los armarios, a escondidas en los cajones. Aferrarse al más mínimo descubrimiento. Desvelar los secretos, hablar de aquello o de *aquel del que no se habla*. Auscultarse de nuevo. Palparse. Preguntarse cuánto duele, dónde y cuándo exactamente: dónde es «aquí», cuándo es «ahora». Apuntar todo en un cuaderno.

Solo entonces fue posible decir algo más o menos coherente, expulsando la historia o la Historia de modos distintos del vómito, los escupitajos, el llanto o los eructos –cuando la resaca se acompañaba de indigestión–. Obviamente, se requirió bastante tiempo para que el *yo-piedra-ladrillo-guijarro* se consolidara. Probamos varias suertes de alquimia, pero no cuajaba. Decepcionados, tirábamos la masa, demasiado seca, demasiado blanda, en el basurero o en el lavaplatos, y empezábamos de nuevo. Nos costó encontrar los ingredientes y determinar las dosis adecuadas. Ingredientes que a uno nunca se le ocurriría mezclar, como en los platos exóticos –de México, por ejemplo: chocolate con picante, sal y ajonjolí para hacer una salsa–.

El *spleen* es la base, con todo aquello que lo acompaña: la desesperanza, la carencia, la añoranza... –pero no hay que exagerar, ya que puede provocar un gusto amargo–. La rebeldía, por supuesto, del lado político, así como la indignación y la rabia, condimentos indispensables. Se agrega luego un poco de culpa y «vergüenza del sobreviviente» extraídas del propio acervo genético –solo un poco, ya que de otro modo se corre el riesgo de perder firmeza, obteniendo una consistencia harinosa–. Enseguida viene el sentido crítico, que exige un cierto distanciamiento. Si bien no es fácil conseguirlo, este último es fundamental. Distanciamiento de todo: de sí mismo, de los otros, de lo que uno sabe, lo que imagina, lo que dice. Por último, se introducen elementos más inesperados: la impertinencia, vinculada al distanciamiento; la ironía, mordaz o no, que da un toque de acidez; el humor –algunos lo prefieren negro, pero como no siempre es bien digerido, un puñado de valentía será en ese caso indispensable–; la inocencia infantil, que da frescura; el juego, que trae ligereza.

Las dosis pueden variar en función del tipo de *yo* que se desee fabricar, y según la creatividad y las necesidades de cada cual. Así, se puede decidir que, cuanto más pena se tenga, más humor se agregará, lo cual generará un *yo* de tipo ladrillo; mientras que, si se incluye un componente lúdico, tenderá a guijarro. En fin, la mixtura se cuece al fuego del dolor, que no debe ser demasiado vivo; de otro modo *quema*, y entonces habrá que empezar otra vez de cero. El tiempo de reposo es igualmente variable, pero en general es largo, muy largo.

Aunque la vacuidad de fondo es esencial y todo se organiza en torno a ella, el resultado es la prueba de que algo había, pues solo el demiurgo pudo, según lo que cuenta la Biblia, crear de la nada.

En las maletas

Excavar, pues. Examinar de cerca a *yo-niña*. Buscar en su maleta, en su mochila, en sus bolsillos, lo que queda, lo que falta. Rastros del exilio. Rastros de la tortura, de la desaparición: de todo lo que no ha vivido. Escrutar las palmas de sus manos, leer las líneas que las atraviesan. Observar sus ojos, su iris. Su pupila: medir hasta dónde se dilata en la oscuridad, cuánta ausencia puede contener.

«¡Oh, patria mía!»

Yo conoció el exilio desde el interior, decía. Era su hija predilecta, la más devota. Entregada desde la más tierna infancia a la nostalgia de un país que no era el suyo, a los quince o dieciséis años no pudo sino lamentar que sus padres decidieran instalarse definitivamente en su «tierra de acogida», que era el lugar donde ella misma había nacido, pero solo por casualidad; una deriva del destino que sería preciso enmendar. Arrojada al mundo, como todos los hijos del exilio, *yo* sabía muy bien que habría podido nacer en cualquier otro lado: en Argentina, en Ecuador —donde el padre y la madre habían encontrado refugio antes de irse a México—, o bien en Suecia, donde otros miembros de la familia se habían asilado tras huir de Chile. Francia también, al igual que Italia, había abierto las puertas a los pobres perseguidos de ese entonces. La gama de posibilidades había sido bastante amplia y, ante el carácter contingente de *lo que fue* respecto a lo que *habría podido ser* —motivo de muchos sueños en condicional: *si hubiera ocurrido esto, yo habría hecho aquello*—, solo el retorno parecía certero. «Los diez o quince primeros años, uno vive con las maletas listas para volver», dijo alguna vez una de las tías de Suecia. Nacida en la época de «las maletas listas», *yo* esperaba con ansias el momento del retorno.

Fue pues una gran decepción enterarse de que los padres tenían el proyecto de construir en México una casa propia, siendo que hasta entonces se habían contentado con alquileres provisionales. Incluso el abuelo, psiquiatra exiliado también y para el cual se suponía que los misterios del alma humana y los deseos imperiosos del subconsciente debían ser más accesibles, consintió la instalación. «Ya está —se dijo ella—, nunca volveremos a nuestro país». ¿A nuestro país? Sí, claro; como sabemos, *yo* estaba habitada por el exilio de ellos. Llevaba los rastros en su mirada, siempre un poco distante y lejana, porque *venimos de otro lado, no somos como los demás* y quizás en el fondo *no queremos serlo*, a riesgo de renunciar a nuestro origen, de traicionar nuestras raíces. Llevaba las huellas también en su cabello, más rizado que el de los habitantes de México. En el rostro, cuyos rasgos, examinados con detenimiento, sugerían un mestizaje diferente. En la forma de hablar, despojada de regionalismos y modulada de tal manera que, aun tratándose de la misma lengua, un ligero acento, a menudo artificial y al fin y al cabo extraño en todas partes, le recordaba a la gente que *no somos de aquí*.

A los cinco o seis años, sus primeros poemas de amor, llenos de lugares comunes y metáforas convencionales, estaban dedicados a *Chile, ese país largo y estrecho que, hundido en las tinieblas, busca la libertad como una rosa roja en una caja de cristal*, o algo por el estilo. La bandera chilena le parecía la más hermosa porque, a diferencia de las otras, tenía una estrella —una sola, sobre fondo azul— que indicaba el camino a seguir; *el camino que me llevará hasta ti, ¡oh, patria mía!*

Añorando esa patria, lloraba por las noches, sobre todo en la adolescencia, cuando el retorno se volvía cada vez más improbable, avergonzada de expresar más dolor que las personas directamente implicadas. ¿Vas a pedirle a tu madre que te consuele porque echas de menos su país?, se preguntaba. Este dolor no es tuyo, pequeña usurpadora. Y, sin embargo, era tan vívido.

Una sola vez vio a su madre llorar así, lo cual, en su caso, era plenamente legítimo. Fue quizás en la época en que *yo* empezó a escribir sus poemas de amor patriótico decorados con estrellas, y decidió cantar el himno chileno después del mexicano durante el saludo a la bandera que se realizaba los lunes en el colegio.

Por la tarde, o por la noche, *yo* entra en la habitación. Las lágrimas brotan de los ojos de la madre, tendida en la cama. Pequeños sollozos ahogados se le escapan. La hija pregunta *¿por qué lloras?*. Ella responde *porque extraño mi país*. Tal vez pronuncia la palabra «nostalgia»; en cualquier caso, está claro que se trata de eso. La otra se interroga, mide sus fuerzas, evalúa sus medios e, impotente, concluye: «¿qué vamos a hacer ahora? Es una lástima que tu mamá no esté aquí para consolarte».

Y bueno, sí, era una lástima. Ciertamente, eras aún pequeña, y a esa edad es difícil jugar a ser la mamá de la mamá. Pero podrías haber hecho un esfuerzo: acariciarle la mano, darle un beso en la mejilla, abrazarla, en vez de limitarte a emitir esa banal afirmación precedida de esa pregunta retórica, quedándote congelada en el umbral de la puerta. ¿Qué querías pues que hiciera tu madre cuando, llorando con sus lágrimas y padeciendo su nostalgia, le decías que estabas tan triste porque echabas de menos su país?

Pequeña mitología del exilio

Cultivado, regado y podado con ahínco, ese exilio por delegación tuvo otras implicaciones y ramificaciones; creció, dio flores y frutos, y terminó por configurar una pequeña mitología cuyos motivos y figuras son tan recurrentes entre los hijos del exilio, que todos ellos podrían reconocerse como pertenecientes a una misma comunidad de parias dispersos por el mundo.

A los motivos fundamentales de la «partida» y el «retorno», pilares de esta mitología que explican su componente nostálgico, pronto se sumó la idea del «viaje» en cuanto tal. El mero hecho de «viajar», aunque solo fuera en auto y para ir de vacaciones cuando el presupuesto lo permitía, tenía algo potencialmente decisivo: adentrarse en regiones desconocidas que podrían marcar nuestras vidas para siempre, dejando atrás ciudades y personas que, independientemente de la duración de la ausencia, al regreso no serían ya las mismas. Y si el viaje se prolongaba, alguien podría morir entretanto. Pero en este caso la decisión habría estado en nuestras manos: irse, partir, ser extranjeros en todas partes –y, por consiguiente, quizás en ninguna–, en vez de cultivar la extranjería en un solo lugar. Fascinada por el nomadismo, *yo* hubiera querido ser gitana, y se paseaba por el barrio con un pañuelo en la cabeza, largas faldas vaporosas y collares de latón.

Entre los hijos e hijas del exilio que conoció años después, Cristina, una amiga uruguaya hechizada también por los viajes, se imaginaba por su parte como una planta sin raíces: un «clavel del aire». Esa amiga optó por una carrera diplomática, ya que era una de las pocas profesiones que permitían desplazarse constantemente. Cualquiera que fuera la metáfora, se estaba siempre de paso, buscando llenar un vacío cada vez más profundo.

Estrechamente vinculados con «el viaje», ciertos objetos y lugares poseían un estatuto particular. Empezando por los aeropuertos. Si bien se transformaron con el paso del tiempo, volviéndose cada vez más brillantes y asépticos, su aura de nostalgia se mantuvo intacta. Nostalgia del que se va, nostalgia del que se queda. Nostalgia de escenas donde las personas se separan o se reencuentran, con una emoción que se desborda.

En el cajón del velador junto a la cama de los padres había una fotografía donde figuraba la hermana de la madre diciéndole adiós al pie del avión, en una época en que la gente podía acceder a la pista de despegue para acompañar hasta el último instante la partida de sus familiares o amigos. Los cabellos al viento, los pantalones pata de elefante, la pena disimulada bajo una gran sonrisa. Los aeropuertos son eso.

Había también un relato que circulaba, según el cual otra hermana de la madre, obligada a huir de Chile con su pareja, tuvo que correr junto a él con todas sus fuerzas por los largos pasillos del aeropuerto de Santiago, llevando en brazos a su hija de dos o tres años. El miedo, la angustia, el sofoco. Apenas logran subirse al avión, el militar armado que los perseguía les ordena bajar. El piloto sale entonces de la cabina y dice que *este avión forma parte del territorio sueco: es usted el que tiene que bajar, señor militar, porque aquí no tiene autoridad.* Este último renuncia a su presa, y baja. El avión despega. Nos vamos a Suecia sanos y salvos –gracias, señor piloto, héroe anónimo de este breve relato–, para nunca más volver a Chile. Los aeropuertos son eso también.

Las visitas de las abuelas a sus nietos nacidos y crecidos en México comenzaban y terminaban ahí. Una de ellas lloraba siempre, tanto al llegar como al partir: aeropuertos y lágrimas a menudo iban juntos. Pero, fuera cual fuera el visitante –un amigo de la familia que venía de vacaciones, el hijo del hijo del hermano mayor del abuelo que pasaba para saludar a sus parientes lejanos, el amigo del amigo de un amigo–, el aeropuerto en sí mismo poseía, por referencia a acontecimientos confusamente percibidos como fundantes, un alcance mítico. Ver a alguien que se va o vislumbrar a la persona esperada atravesando la puerta de salida después de la aduana, eran experiencias que tenían una carga emocional con frecuencia desproporcionada respecto a la realidad de la situación, sobre todo cuando el viajero era un perfecto desconocido.

Por cierto, *yo* nunca preguntó lo que el abuelo en el 73 y, tres años más tarde, los padres sintieron el día en que se fueron de Chile. No lo sabía con precisión, pero sin duda lo experimentó en carne propia, en el aeropuerto o en el avión, al momento de partir de ciertos países y separarse de ciertas personas, en circunstancias que nada tenían que ver con el exilio. De otro modo, ese desgarro, esos gritos que, lanzados hacia adentro de sí misma, hacen pensar en los árboles cuando se los arranca de raíz, no tendrían explicación.

Quien dice «aeropuerto», dice «maletas». En la casa había varias que servían de baúles para guardar todo tipo de objetos –ropa, cartas, periódicos, viejos juguetes–, a la espera de cumplir con su función última. Quizás una de esas maletas era azul. Pero también es posible que ese recuerdo sea más bien un producto de la imaginación, ya que, en la mente de *yo*, la maleta supuestamente azul estaba asociada con una guitarra dentro de un estuche de tela café bordado de mariposas blancas y violetas. Esos dos elementos, maleta y guitarra, constituían lo que habría sido el equipaje de los padres cuando partieron al exilio. Flacos, pálidos, casi transparentes, como dos fantasmas, al día siguiente de su liberación tomaron el avión tras haberse casado precipitadamente para poder declarar en el control de pasaportes que se iban de luna de miel sin despertar sospechas. Ahora bien, considerando las circunstancias, sería difícil creer que, entre todo lo que se debe llevar en un viaje cuya duración se desconoce pero que se sabe que será largo, se elija una guitarra. Por lo tanto, es más plausible que esta última haya sido comprada posteriormente. Así, es probable también que la maleta no fuera azul y que ese color sea evocado para reforzar el romanticismo de un falso recuerdo.

De cualquier modo, las maletas tenían un estatus especial en la casa. Con el paso de los años, en ella se acumularon tantas cosas –libros, adornos, vajilla, aparatos electrónicos, en suma, todo lo que forma parte de una casa– que para la niña se volvió evidente que sería imposible meter todo en las maletas, por muy grandes y numerosas que fueran, y que por tanto, llegado el momento, habría que deshacerse de varios objetos, incluidas sus muñecas.

El cofre de los tesoros

Otro componente importante de esta pequeña mitología eran los documentos administrativos que le permitirían a la familia ya sea partir para instalarse en otro país, ya sea quedarse en México legalmente –en todo caso, habitar en algún lado–: pasaportes, cédulas de identidad, formas migratorias, permisos de residencia. Estos tesoros, algunos de los cuales habían sido muy difíciles de conseguir, estaban guardados en un armario de la habitación conyugal, dentro de un cofre lacado hecho por artesanos de Olinalá, Guerrero, en el suroeste de México. Salvo expresa indicación contraria, no debía tocarse, ya que su contenido era vital. Nunca se dijo con exactitud qué pasaría si alguno de los papeles llegara a faltar, pero estaba claro que sería sumamente grave.

Yo lamentaba que los pasaportes chilenos de sus padres fueran diferentes del suyo, mexicano, porque el color rojo le parecía más lindo que el verde –*rojo sangre, rojo corazón, rojo amor, ¡patria mía!*–. En general, todo lo que venía de Chile, ya fueran documentos, ropa o juguetes, era más auténtico, más bello, más intenso, y debía ser conservado preciosamente.

Poco después de su nacimiento, la madre había intentado conseguirle un pasaporte rojo vivo como el suyo. Para ello, fue a la embajada chilena con los papeles requeridos. Pero, dado que Chile se encontraba aún en plena dictadura, los exiliados políticos que pretendían que sus hijos fueran reconocidos como chilenos no eran bienvenidos en la embajada. El funcionario tomó entonces el acta de nacimiento y lo rompió en pedacitos ante los ojos atónitos de la madre, negándose a conceder la nacionalidad a ese bebé que, como tantos otros, era portador de la semilla del comunismo.

Así pues, *yo* recibió solo la nacionalidad mexicana. Fue una suerte, ya que un primo nacido en Suecia, no habiendo podido obtener ni la nacionalidad chilena ni la sueca, permaneció apátrida durante mucho tiempo.

Más de veinte años después, cuando volvió la democracia, la ley fue modificada para que los hijos de chilenos nacidos y criados en el extranjero pudieran solicitar y obtener la nacionalidad chilena. La niña, que ya no era una niña, convocó a sus primos, su hermano y todos los *bastardos pseudochilenos portadores de la semilla del comunismo* que andaban por los alrededores para ir juntos a la embajada a exigir el merecido y tan esperado reconocimiento. Aunque solo dos personas acudieron a su llamado, *yo* lo vivió como un acto político. Ese mismo día salió del recinto con un nuevo pasaporte, no rojo vivo, por desgracia –entretanto la administración había optado por el burdeos–, pero chileno al fin y al cabo. *Ahora soy chilena: ¿*sirvió de algo ese estatus? Sí, de mucho; ya lo veremos más adelante, cuando se trate de construir una casa sobre el vacío que estamos explorando.

Por el momento observaremos simplemente que, de todos los componentes mitológicos del exilio, los papeles son sin duda aquellos que más repercusión simbólica tuvieron a largo plazo. Así, cuando la niña –que, de nuevo, ya no era una niña– se fue a Francia y se volvió extranjera de verdad, descubrió intacta una angustia que no era suya sino de alguien más, dado que, siendo mexicana, en el plano administrativo nunca tuvo algo que temer en México. Desde el primer día, las citas en la prefectura francesa para obtener y renovar el permiso de residencia se convirtieron en una pesadilla, si bien la acogida reservada a los nacionales latinoamericanos era considerablemente mejor que la de los argelinos o marroquíes, y si bien *yo* no entraba en la categoría de «migrante» o «refugiada», sino en la de «estudiante extranjera»; y, por si fuera poco, beneficiaria de una beca.

La mirada de los funcionarios franceses que, con aire altivo, escrutaban uno a uno los documentos solicitados como deseando secretamente que el expediente estuviera incompleto para tener el placer de decirle que *le falta un documento, Madame, vuelva dentro de tres meses*, le recordaba inevitablemente al funcionario chileno de la embajada que rompió el acta de nacimiento. Y a los funcionarios mexicanos que, con el goce mezquino que procuran los pequeños actos de poder en todo el mundo, obligaban a los padres a ir y venir entre la capital y la ciudad donde vivían para renovar su permiso de residencia.

Durante los primeros diez años de estadía en Francia experimentó en carne propia la precariedad del sentido de pertenencia, no sin cierta satisfacción masoquista de poder vivir al fin lo que otros antes que ella, y de manera mucho más terrible, habían vivido. Cuando milagrosamente, tras una larga espera, logró obtener la nacionalidad francesa, su extranjería se vio reconfortada y quizás legitimada gracias a un tercer pasaporte, no rojo, pero qué importa... Ella lo veía rojo. Desde entonces, la ansiedad de pasar por el control de inmigración en cada viaje disminuyó considerablemente, al igual que el temor de extraviar ese documento o dejarlo en la recepción de los hoteles que así lo exigían, porque, en caso de necesidad, tenía otros dos en reserva. Privilegio inaudito, desde luego inmerecido, pero que le permitía hacer frente a la amenaza constante de perder su identidad.

Ese triple reconocimiento –¡México, Chile y Francia!– le ayudaba a salir del paso en situaciones donde corría el riesgo de ser considerada sospechosa por ciertos interlocutores que, al preguntar *¿cuál es tu nacionalidad?*, esperaban que demostrara poseer un conocimiento profundo de la cultura en cuestión, siendo que en realidad las tres tenían para ella zonas oscuras a las cuales, triplemente extranjera, nunca podría acceder. Ante ese interrogante le bastaba entonces con afirmar, ahora con toda legitimidad y sin tener la impresión de usurpar identidad alguna, que *soy mexicana*, añadiendo de inmediato *pero también un poco chilena* y, de ser necesario, al final, *un poco francesa* –hecho que a ella misma le parecía menos evidente, pero los documentos estaban ahí para probarlo–. Eso la resguardaba de preguntas relativas a prácticas culturales, especificidades culinarias, hábitos o expresiones regionales, a las que no siempre podía responder con certeza. Ser un poco de cada país significaba en el fondo a ninguno de ellos pertenecer lo suficiente. Y lo que a primera vista, remitiendo al ideal del «ciudadano del mundo», aparecía como una riqueza extraordinaria, se acompañaba de una gran fragilidad.

Otras joyas

Por supuesto, el valor de los papeles era antes que nada de orden práctico. Lo mismo ocurría con varios objetos que, aun teniendo una función estrictamente utilitaria, evocaban la experiencia del destierro.

Conversando con Violeta, otra hija del exilio cuya madre, chilena, se había refugiado en Francia, *yo* tomó consciencia de que entre esos objetos se encontraban las tablas de madera colocadas sobre ladrillos. Si para los estudiantes de ese entonces, en cuyas habitaciones era frecuente encontrar estanterías así, estas tenían el encanto de una aventura de vida que comienza, para los exiliados eran más bien el signo de un presente y un futuro inciertos. Al otro lado del mundo, en México, ese artefacto era, en efecto, uno de los principales muebles de la casa. Más tarde fue reemplazado por un librero clásico. Pero la precariedad misma de esa primera estantería la convirtió en el «mueble del exilio» por excelencia, hasta el punto de que Violeta, siendo ya adulta y habiéndose instalado definitivamente en Francia, se negaba a introducir otro tipo de mobiliario en su departamento. Al igual que una casa propia, un «mueble de verdad» implica un anclaje, cosa que a los claveles del aire les resulta difícil soportar...

Además de los documentos administrativos y las estanterías hechas de tablas y ladrillos, *yo* contaba entre sus bienes más preciados los antiguos casetes enviados o recibidos por correo, llevando y trayendo los mensajes de parientes que se habían conocido antes que nada, y a veces únicamente, por la voz. *Vengan, niños, saluden a la abuelita que vive ahí donde la tierra termina; cuéntenle qué hicieron hoy en la escuela, cántenle una canción.* Yo y su hermano menor se imaginaban entonces a la abuela sonriendo sin poder contener algunas lágrimas de emoción al escuchar a sus nietos: *¡qué bien hablan! Con un acento un poco extraño, sí, muy mexicanito, pero tan pintoresco.*

Estaban también las largas cartas escritas a mano, en papel fino y con una caligrafía difícil de descifrar, que traían noticias inevitablemente un poco rancias a causa de los retrasos de la oficina de correos, muy deficitaria en aquella época. Y los recortes de periódicos deslizados en el sobre cada vez que se producían nuevos acontecimientos –desapariciones, secuestros u otros–, o cuando se publicaba algún reportaje sobre *el tío del que no se hablaba*.

Al igual que los documentos, desviándose de su finalidad original, los casetes, cartas y recortes de periódicos configuraban el paisaje del exilio. Antes de saber lo que contenían, *yo* anticipaba en ellos la expectación, la sorpresa, el deseo de estrechar lazos, el desgarro provocado por la distancia, la nostalgia –siempre, la nostalgia...–.

Fuera de toda utilidad práctica, otros objetos aún tenían una estricta función memorial: es lo que se llama propiamente «*souvenirs*». Dadas sus connotaciones, podían adquirir también el estatuto de fetiches o amuletos. Algunos de ellos, pequeños y poco numerosos considerando las circunstancias de su transporte, habían sido traídos por los padres mismos. Otros formaban parte de los regalos que los visitantes, al llegar, les daban *para que no olviden su país* –como si alguna vez el olvido hubiera sido posible–. Una medalla de cobre chileno auténtico, unos aros mapuches, un pin con el retrato estilizado del Che Guevara, una serie de grabados de Pedro Lobos, «el pintor del pueblo», una arpillera hecha por los presos políticos, un póster donde figuraba el retrato de Allende junto con el texto de su último discurso... Todos ellos eran fragmentos de un paraíso perdido que en aquel entonces todavía parecía posible recuperar, aunque fuera en una pálida versión.

En fin, había también objetos que, perteneciendo al ámbito íntimo, solo adquirían su pleno valor a los ojos de las personas directamente implicadas: un *pullover* de lana tejido por la abuela poco antes de la partida de su hija; una caja de música que tocaba *La Internacional*, regalo que la madre había recibido de su hermana refugiada en Suecia; un reloj heredado de alguna bisabuela; y, sobre todo, las fotos de familia, cuya potencia de evocación era tal que había que mirarlas con sumo cuidado.

«Duele»

Las fotografías pertenecientes al pasado previo al exilio eran más bien escasas, ya que había sido preciso quemar la mayor parte de ellas cuando los militares, a la caza de los «subversivos», allanaban furiosamente los hogares. Dispuestas en álbumes, estaban mezcladas con fotografías más recientes que, por el solo hecho de ser anteriores al nacimiento de la niña, le parecían remitir a la misma pancalia original. De pequeña, escrutaba esas imágenes con avidez; pero, con el paso del tiempo, se volvieron para ella insoportables. Es por eso que, durante varios años, evitó sumergirse en los álbumes de familia, temiendo romper en llanto al cabo de unas cuantas páginas.

Algo semejante le ocurría al escuchar ciertas canciones demasiado vinculadas con la época en que el mundo tenía sentido, o en que todavía parecía posible encontrarlo. La *Canción del poder popular* de Inti-Illimani, *El pueblo unido* de Quilapayún, *Adagio en mi país* del uruguayo Alfredo Zitarroza, *Por todo Chile* de Daniel Viglietti, otro uruguayo, *El cautivo de Til Til* de Patricio Manns, *Gracias a la vida* de Violeta Parra, *El derecho de vivir en paz* o *Te recuerdo, Amanda* de Víctor Jara. Víctor Jara…, guitarrista y cantante al que los militares, según *yo* había leído en algún lado, le quebraron las manos antes de asesinarlo.

Yo se sabía de memoria esas canciones y muchas otras. Durante los primeros años del exilio, a menudo se las escuchaba en la casa, con el sonido granuloso de los discos de vinilo. Su padre cantaba algunas acompañándose con la guitarra, y todas ellas eran interpretadas por los exiliados políticos de América del Sur –chilenos, uruguayos, argentinos– que por casualidad habían aterrizado en la misma ciudad. Se reunían una vez al año, en septiembre, mes en que coincidían las fiestas patrias de varios países, para lo que se convino en llamar «la fiesta de los chilenos», porque estos eran mayoría. En esas reuniones, cuyo recuerdo estaba impregnado del olor del asado y las empanadas, el color de los duraznos, naranjas y manzanas que se mezclaban con el vino tinto para hacer borgoña y los acentos sudamericanos confundidos, *yo* lograba sentirse, por un momento y junto a otros niños en la misma situación, verdaderamente en casa. Como si por fin hubiera vuelto a «su país», o como si hubiera encontrado en ese espacio aislado del mundo algo semejante a una patria.

Pero, con el paso de los años, los exiliados de la ciudad comenzaron a dispersarse. Algunos emprendieron el retorno, a menudo decepcionante, ya que el país que habían dejado nada tenía que ver con el que encontraban a su regreso. Otros decidieron continuar su exilio en otras tierras, y otros más, habiendo logrado lo que se llama la «integración», simplemente perdieron contacto con los miembros de esa comunidad. Las «fiestas de los chilenos» se volvieron cada vez más esporádicas, hasta que un día desaparecieron definitivamente.

De forma paralela, las canciones se apagaron en la casa. O quizás era *yo* quien no quería o no podía escucharlas más. Al igual que las fotos del álbum familiar, esa música le dolía.

Para entender la naturaleza de ese dolor, se lo podría comparar con el que expresó la madre a su pesar cuando recibió como regalo de un visitante de Chile, bienintencionado por supuesto, un póster con el retrato de Víctor Jara, el cantante-guitarrista de las manos quebradas. Al verlo, las lágrimas se asomaron repentinamente por sus ojos en una oleada que apenas logró contener para pedirle al avergonzado huésped, con una voz que pretendía ser neutral, que por favor guardara ese póster, porque «duele». Desde luego, la intensidad del dolor no podría ser la misma –una vez más, no se trata de ser protagonista de un sufrimiento recibido de rebote–, pero la conmoción que los restos de ese universo extinto provocaban en la hija era probablemente de ese orden.

Correspondencia

En el fondo de esta pequeña mitología se encontraban, por último, ciertos elementos que solo tenían un significado especial para la niña. No eran «objetos» en el sentido estricto del término, sino más bien gestos, imágenes o rituales en los que el exilio se encarnaba. En cada cumpleaños, soplar las velitas del pastel pidiendo tres deseos –en orden jerárquico: 1) volver a Chile, 2) ser rubia y 3) tener pechos grandes–, con la esperanza de que el primero, sobre todo el primero, siempre el primero, el único invariable, se cumpliera. Fabricar un enorme par de alas de plumavit para irse volando en la noche, guiada por la estrella de la bandera chilena. Cavar un hoyo en el jardín de la casa, no muy ancho, pero tan profundo que atravesara la tierra de un extremo a otro y, dado que era redonda, permitiera pasar rápidamente de México a Chile, siempre y cuando sus paredes interiores estuvieran revestidas de un material lo suficientemente resbaloso como para deslizarse por él como en un tobogán.

Pero aún hay más.

Los Taraxacum son dicotiledóneas anemócoras de la familia de las asteráceas que producen semillas denominadas diásporas, destinadas a propagarse con el viento; rasgo característico de la «anemocoria», según explican los botánicos. Las especies llamadas «comunes» poseen cipselas o aquenios, frutos secos indehiscentes constituidos de un filamento procedente de un ovario bicarpelar ínfero con pericarpio duro. Esas cipselas presentan un penacho plumoso llamado vilano o papus. El término «dientes de león» (designación común de los Taraxacum), mal escogido, evoca la firmeza y la rigidez características de la dentición de la fiera. Dicha metáfora contradice una propiedad fundamental de esas plantas, cuyos paraguas de pelillos blancos, unidos a las cipselas a través de los filamentos, hacen que al más leve soplo las semillas vuelen y se dispersen flotando en el aire.

Ahora bien, gracias a la anemocoria, esos paracaídas plumosos pueden transportar pensamientos o cartas mentales cada vez que alguien desea entrar en contacto con sus seres queridos sin pasar por la oficina de correos, con la certeza de que, al recibir el envío, los destinatarios descifrarán fácilmente el mensaje. Al menos eso es lo que *yo* supo de fuentes suficientemente fidedignas como para no cuestionar los mecanismos de esa misteriosa forma de comunicación.

Durante años, su correspondencia epistolar fue tan prolífica como la floración de los dientes de león en el jardín. Por supuesto, la mayoría de sus cartas iban a Chile. *Esta para la abuela*, anunciaba antes de soplar; *esta para la otra abuela*; *esta para la tía que vive en Santiago*. Y muchas más para la prima mayor, para el primo con lentes entrevisto en una foto, para el primo menor que acababa de nacer, sin olvidar a la tía de Suecia, su marido y sus hijos, incluido el pequeño apátrida: miles de pensamientos y cartas para esas personas a las que tanto amaba sin siquiera conocerlas, y cuya ausencia lamentaba cada día siendo que nunca habían estado físicamente presentes.

Había otro ritual infalible, aunque más caro, para comunicarse con los seres queridos. En una época en que la conciencia ecológica no había alcanzado un nivel de desarrollo suficiente, en las escuelas era habitual que en diciembre todos los alumnos enviaran una carta a Papá Noel atándola al extremo de la cuerda de un globo que luego soltaban al unísono, convencidos de que el helio y el viento la llevarían hasta el Polo Norte. Si ese procedimiento era eficaz en el caso de Papá Noel, seguramente debía serlo en el de otros destinatarios. *Yo* intentó primero dirigirse de ese modo a Dios, una vez para pedirle que resucitara a su perro muerto, y un par de veces más para suplicarle que hubiera paz en el mundo. Ya que estas solicitudes no obtuvieron respuesta, quedó claro que la cantidad de helio contenida en los globos no era suficiente para que los mensajes llegaran al cielo. Pero, como Chile estaba más cerca, tenía que funcionar. Por ese medio envió pues una docena de cartas que no contenían ya deseos ni oraciones, sino saludos ampulosos, efusiones desbordantes y solemnes promesas de retorno *a ese lejano país que me espera y hacia el que me dirijo volando volando con mis alas de plumavit, ¡oh, patria mía!*

Hacia el infinito

Para la niña y solo para ella, la imagen de un globo que sube, sube y sigue subiendo hasta desaparecer entre las nubes –a no ser que se reventara en pleno vuelo, en cuyo caso habría que convencer a los padres de que fueran a comprar otro de inmediato– se convirtió en una de las representaciones más tangibles y vertiginosas del exilio. Vértigo ascensional, cuya característica es la ausencia de anclaje o, por así decirlo, de «punto de caída», suponiendo que se pueda caer hacia arriba.

Ese carácter ilimitado y expansivo del exilio hizo que, desde el punto de vista sonoro, se encarnara no solo en las canciones de resistencia o la melodía de los acentos sudamericanos, sino también en ciertos silencios, y en particular el del abuelo. Quizás porque era psiquiatra, o quizás porque también era filósofo, su silencio parecía especialmente profundo y meditativo. Ante la dificultad de encontrar palabras que estuvieran a la altura de esa meditación, con frecuencia la nieta iba a la biblioteca del tata para callarse junto a él mientras hojeaba sus libros de pintura. Fue entonces cuando percibió, o creyó percibir, o más tarde imaginó que había creído percibir, una ínfima parte de todo lo que ese silencio contenía.

La Cordillera de los Andes. Las calles de Santiago en otoño. El jardín con sus buganvilias en la comuna de La Reina. Los libros de la biblioteca. El río terroso que atraviesa la ciudad. El puerto de Valparaíso. Las casitas de colores colgando de las montañas. Los murales. Los barcos. El profundo lamento de las sirenas. La cabaña de San Alfonso. Los militares. El último discurso de Allende. La Cordillera de los Andes. Los militares. Los libros de la biblioteca. El muro de la embajada de México que hubo que saltar para asilarse. Los militares. Los libros de la biblioteca. El río terroso que atraviesa la ciudad. El jardín con sus buganvilias. Los militares. La cabaña de San Alfonso. El hijo mayor, convertido en traidor. Los militares. Los barcos. El profundo lamento de las sirenas.

Habría sido necesario afinar el oído, agudizar todos los sentidos para aprehender mejor los infinitos matices del exilio encarnado en el silencio del abuelo. Y encontrar palabras, a cualquier precio. Hacer preguntas, aun elementales: dónde, quién, cuándo. Cómo. Por qué.

Una sola vez el silencio se llenó de palabras. *Yo* entró en la biblioteca para saludar al tata, quien le preguntó con ternura «¿cómo estás?», callándose luego. Con la impresión de encontrarse ante una página en blanco que le correspondía a ella llenar, la niña comenzó a hablar de todo y nada, consciente en el camino de la absoluta banalidad de su relato: la escuela, los amigos, el chico lindo que la hacía sonrojar. Cuanto más hablaba, más le costaba detenerse, hasta el punto de temer que la irresistible fuerza succionadora del silencio extrajera de su boca cosas que no quería decir. El abuelo escuchó pacientemente.

Fue un fracaso. Lo sabías desde el principio. Por supuesto, era necesario *encontrar palabras, a cualquier precio*; pero, *para aprehender mejor los infinitos matices del exilio*, el flujo de la comunicación debía orientarse hacia el sentido opuesto. *Hacer preguntas*, sí, pero eras tú quien debía hacerlas, considerando además que, para entonces, ya tenías un cierto uso de razón.

A menudo se puede reparar semejantes desatinos. No esta vez. Nunca lo habrías imaginado: «morir en el exilio» no formaba parte de la gama de posibilidades. Incluso estaba previsto que después de veinte años de ausencia, puesto que la lista de «subversivos» autorizados a ingresar a Chile había sido publicada y su nombre figuraba en ella, el abuelo viajara a su país para una corta estancia durante la cual podría volver a ver la cordillera, las calles de Santiago en otoño, el río terroso, el jardín de la casa en la comuna de La Reina. No las buganvillas, que se habían marchitado entretanto, tampoco la biblioteca, porque los libros se habían vendido, pero sí la cabaña de San Alfonso, sí el puerto de Valparaíso, sí los murales, sí los barcos. Sí, también, el *tío del que no se hablaba*; sí, ese hijo mayor, porque tenemos una conversación pendiente y llevo veinte años esperando explicaciones; sí, hijo mío, aunque duela.

La muerte puso fin a este proyecto de retorno, sellando un silencio y un exilio definitivos. Confrontada por vez primera a la muerte de un familiar, la nieta creyó, como todos los novatos, que nunca se repondría de esa pérdida. El cuerpo del abuelo fue incinerado. Unos meses más tarde, su hijo y su hija (el padre y la tía de la niña) viajaron a Chile para una corta estancia durante la cual pudieron volver a ver la cordillera, las calles de Santiago en otoño, el río terroso, el jardín de la casa en la comuna de La Reina, la cabaña de San Alfonso, pero no, no, no –rotundamente, no– al hermano mayor; justamente, porque dolía, demasiado en realidad, y porque, de cualquier modo, hermano, ya nada tenemos que decirnos. De acuerdo con los deseos del difunto, esparcieron sus cenizas en el océano Pacífico, ahí donde los militares arrojaban los cuerpos de los subversivos, «desapareciéndolos» para que nadie pudiera encontrarlos.

En sentido estricto, no podría afirmarse que el abuelo nunca volvió a su país, si bien lo hizo de una forma inesperada. Aun sin haber presenciado ese último retorno, *yo* conservó el pseudorecuerdo vivo de las cenizas que, brillando a la luz del atardecer, caían al agua para perderse en el infinito, «cuando sobre el abismo un sol reposa»[7]. De nuevo, una imagen vertiginosa de un exilio que se prolonga, alcanzando la realización oximorónica de una perfecta incompletud. Pero ahora es el vértigo horizontal de aquello que se aleja, se aleja y se sigue alejando hasta desaparecer en el horizonte. La nieta descubrió entonces que en el silencio del abuelo resonaba, en bajo continuo y por eso mismo inaudible, el murmullo del mar.

Sin tiempo ni espacio

Otros exiliados políticos, más conversadores que el abuelo, se esforzaron por poner en palabras la vivencia del destierro, para conjurarla tal vez, haciéndola menos abismal. Tras cuarenta años de estadía en México, Raúl, escritor que más tarde se transformaría en el

---

[7]   Paul Valéry, «El cementerio marino» (1920).

maestro de la niña –su «padre intelectual», como ella solía llamarlo pomposamente– y su primer guía en los laberintos de la semiótica, pronunció un discurso sobre el exilio, o sobre su exilio, frente a la asamblea de viejos colegas, amigos y alumnos que lo acompañaron en la ceremonia de recepción del más alto reconocimiento otorgado por la universidad que lo había acogido a su llegada de Argentina[8]. «El exilio, aun afortunado –afirmaba–, no deja de ser una herida silenciosa que sangra en la oscuridad, o una lágrima que siempre está resbalando. Por eso –continuaba– «tiende a convertirse en una continua experiencia del equívoco: este sabor que está ahora en nuestra boca, en lugar del otro que hemos dejado allá, un sabor con el que a la vez perdemos y recuperamos el sentido del gusto; o este olor que cubre, pero también lleva hasta otro; o esta voz que suena así, que dice estas palabras para mí, pero a las que escucho con cierta dificultad, pues yo tengo en mis oídos otra voz y otras palabras». «El exilio –concluía – es el juego de las semejanzas y de las diferencias. Un país del que nunca se termina de salir y otro al que siempre se está llegando».

Yo evitó durante mucho tiempo leer ese discurso con demasiada atención, temiendo verse arrastrada por una avalancha de emociones, ya que Raúl murió en el exilio, como el abuelo y como tantos otros que se quedaron en el camino; si bien, a fin de cuentas, ese camino a ningún lado conducía. Y, al igual que el abuelo, fue incinerado para permitirle no ya volver al océano, sino nutrir las plantas de su jardín en Puebla, a la espera de irse volando un día con las diásporas... de los dientes de león, quizás.

La patria, su patria, Raúl la encontró –decía aun– en los afectos, «ese espacio donde uno tiende sus raíces». Sin embargo, su acento siempre permaneció indiscutiblemente extranjero y, en momentos de nostalgia a los que resulta imposible no sucumbir, «ese sabor», «ese olor» o «esa voz» no dejarían de remitirlo a otro tiempo y otro lugar.

---

[8]   «Discurso de Raúl Dorra, leído en la ceremonia de entrega de la medalla Francisco Xavier Clavijero», La Jornada de Oriente, 26 de septiembre de 2018: <https://www.lajornadadeoriente.com.mx/puebla/discurso-de-raul-dorra/>.

Desde luego, para la niña la experiencia del destierro, distinta a la de los exiliados de primera mano, era de otra índole. No habiendo conocido el país del cual, paradójicamente, se sentía despojada, la carencia se redoblaba por la falta de su fuente misma. El sabor de los duraznos, el olor de las empanadas o las voces percibidas en la fiesta de los chilenos, aquí y ahora, la sumergían en la añoranza inexplicable de otros sabores, olores y voces a los que no podía acceder sino a través de la memoria de otros. Si «el exilio es un juego de semejanzas y diferencias», las semejanzas en este caso emanaban de un núcleo vacío.

Muchas veces intentó ella reconstruir los ambientes y situaciones originales recurriendo a los relatos que había escuchado, a las sensaciones que despertaban los viejos objetos guardados por años en las maletas, a los sueños que la acompañaban o la acosaban, y a la imaginación, capaz de restituirlo todo «como si» fuera real. Pero, al igual que los exiliados respecto a su país de acogida, se veía siempre confrontada a esa distancia, esa diferencia que, a su pesar, le recordaba que ese país perdido no era el suyo. Si no era de aquí, tampoco era de allá.

Esa suerte de doble ausencia hizo que el exilio, su exilio, se volviera más difuso, generalizándose e interiorizándose. Desposesión radical que determinó su relación con el espacio, con el tiempo, y consigo misma en el espacio y en el tiempo.

En lo que respecta al espacio, uno de los efectos secundarios de ese exilio heredado fue la fascinación por los viajes, ese deseo de volver a Chile más tarde transformado en voluntad de ir a cualquier lugar, de partir «*anywhere out of the world!*», hasta el punto de instalarse en un país que le era completamente ajeno y adoptar un idioma que no era ni sería nunca plenamente el suyo. Pero también es posible que otro de esos efectos secundarios haya sido la tremenda dificultad que, siendo ya adulta, experimentaba para orientarse aun en los lugares que le eran más familiares; por ejemplo, su propio barrio. Como si hubiera nacido sin brújula, la más mínima modificación en su recorrido habitual la hacía perder todo punto de referencia. Durante algunos instantes se encontraba errando perdida en un territorio que se había vuelto repentinamente extraño. Fue así como una tarde, a su regreso del trabajo, camino a la casa donde llevaba más de siete años viviendo, el cierre de su acostumbrada salida del metro tuvo por consecuencia un absoluto desconcierto. Descifrando mal las señales –la farmacia a la derecha, el supermercado a la izquierda; el cielo arriba, la tierra abajo–, partió en la dirección opuesta a su destino. Al cabo de quince minutos, la calle empezó a volverse cada vez menos familiar o, como diría Freud, cada vez más *unheimlich*, hasta que su GPS interno dio un giro de 180 grados, obligándola, tras unos segundos de adaptación, a volver sobre sus pasos. De pequeña solía subirse a los carruseles del parque para girar hasta marearse tanto que al bajar le era casi imposible caminar sin caerse. La sensación es más o menos la misma. El suelo sobre el que estás parada no te sostiene; no tienes punto de apoyo. Estás sin raíces.

En cuanto al tiempo, está claro que la añoranza, su añoranza, se refería a una época muy específica: aquella cuyo punto final había sido la catástrofe y que por lo tanto aparecía como un relato cerrado. Cerrado de golpe, por «el golpe». Un relato del que *yo* había sido excluida de entrada y para siempre. Que se puede inventar un nuevo comienzo, que el futuro es nuestro, que la Historia se escribe continuamente, que «la hacen los pueblos» y que nosotros también somos pueblo: ningún consuelo bastaba para atenuar en ella la amarga sensación de que el pasado era más valioso, más auténtico, más real incluso, que el presente.

Demasiado lejos, demasiado tarde: para volver verdaderamente a casa, *yo* no solo habría tenido que viajar al otro extremo del continente, sino también remontar el curso de los años. Y, aun así, ese supuesto regreso no sería tal: imposible retornar adonde nunca se ha estado, ni re-conocer algo que no se conoció. En esas circunstancias, habría comenzado nuevamente a sentirse un poco extranjera.

Exiliada del tiempo, exiliada del espacio, despojada también de la fuente donde abreva la nostalgia: exiliada del exilio.

En la piel

Mira, niñita,
te voy a llevar a ver
la luna brillando en el mar.
Mira hacia el cielo
y olvida ese lánguido temor
que fue permanente emoción.
Ah, fue permanente emoción.
Para la hija
de un hombre con ojos de cristal
y papel sellado en la piel.

Los Jaivas, *Mira, niñita*, 1972.

«Papel sellado en la piel...». ¿Papel periódico, tal vez? Al escuchar esa canción del folclor chileno entonada por el padre, *yo*, imaginando ser la «niñita», supuso que debía tratarse, sí, de papel periódico (ese papel donde los acontecimientos más importantes quedan registrados), y que estaba sellado en su piel. La Historia, pensaba, está escrita en nuestra piel, y nuestros ojos de cristal reflejan todos los paisajes.

Hay, en efecto, experiencias más oscuras, de una extrañeza distinta a la del exilio, que, sin llegar a consolidarse en imágenes, permanecieron en el estadio más elemental de sensaciones epidérmicas. Experiencias de otros, claro está, pero absorbidas con tanta avidez por *yo-esponja* que acabaron fusionándose con ella. Reminiscencias diluidas en la savia que nos irriga, mamadas con la leche materna.

El cuerpo recuerda, tiene su propia memoria.

Resonancias

Ello se remonta a la más tierna infancia, como todo lo que está destinado a impregnarse durablemente, en esa época en que tu padre te toma en brazos, invitándote a dormir con la cabeza apoyada sobre su hombro cuando tienes sueño y aún no es tiempo de volver a casa. En esa posición, con los ojos cerrados, dentro de lo que debe ser una pequeña sala de cine, *yo* escucha somnolienta las voces provenientes de una película documental proyectada al término de una jornada de solidaridad con los compañeros que se quedaron en Chile. Los organizadores son exiliados políticos que, a cambio de una contribución voluntaria, ofrecen empanadas, humitas y porotos granados. En la película, cuyo título la niña nunca supo, la voz de un hombre cuenta la historia de un presidente derrocado por los militares. Ella lo conoce bien: un retrato suyo cuelga en la pared del comedor, y además se parece al abuelo por sus gruesas gafas y su mirada serena.

En el transcurso de esa narración, que *yo* capta de manera fragmentaria, la voz habla de personas detenidas sufriendo tormentos inconcebibles, expuestas al frío y la oscuridad. Hombres y mujeres que no son sino «cuerpos», o que más tarde se convirtieron en eso. Cuerpos desnudos, golpeados, aniquilados. Tal vez resuena la palabra «tortura»; tal vez la palabra «desaparición» también. La niña las ha escuchado en alguna parte. Pero no son las palabras las que se incrustan en su piel, sino las sensaciones: la oscuridad, los gritos, el dolor, la náusea, la dislocación de los miembros –un brazo aquí, una pierna allá; una mano, una oreja, y la cabeza, ¡¿dónde está la cabeza?!–, el frío, el contacto ciego con otros cuerpos –tal vez el de su padre, aquí mismo, en esta sala fría y oscura–, y el roce de un chaleco de lana –quizás el suyo, en este instante– que no basta para cubrirse. Los cuerpos, su cuerpo. Quiere llorar, pero no puede.

Como cuando escuchaba a escondidas las conversaciones de los adultos, había atrapado al vuelo retazos de una historia que, sin pertenecerle, la atravesaba entera.

Por esa misma época, se enteró por su madre de que ciertas personas cercanas, entre las cuales se encontraba un profesor de canto, habían desaparecido o muerto en circunstancias similares a las que describía la película. La madre le enseñó una de las canciones que el profesor hacía entonar a sus alumnos antes de su secuestro: «Aquel manzano ya no floreció, y fue tal vez por su vejez; por eso mi alma se entristeció al ver que se marchitó...». Entonces ocurrió lo ineluctable: «Ayer, ayer, he visto yo al pasar que ya no está el manzano amigo en aquel lugar...». La melodía era más bien alegre, en tono mayor sin duda, pero esa canción le pareció la más triste del mundo.

Las palabras y sonidos empezaron a resonar en su cabeza como esos refranes contagiosos que, por *motu proprio*, se repiten sin cesar. Al principio, la línea melódica enlazaba las notas con un ritmo rápido. Pero, llegado el momento de descubrir que ya no estaba el manzano amigo, la canción cambiaba de registro pasando tal vez al tono menor, y el ritmo se volvía más lento. Tras la desgracia, el ritmo se aceleraba de nuevo y volvía la estrofa inicial: «Aquel manzano ya no floreció...». La canción estaba compuesta para ser entonada una y otra vez, en forma de canon, y es así como se reproducía, en bucle, dentro de la pequeña, siempre igual y siempre diferente: más cercana *...por eso mi alma se entristeció...*, más íntima *...al ver que se marchitó...*, más profunda *...ayer, ayer he visto yo al pasar...*, muy profunda *...que ya no está...*, demasiado profunda, ¡ay! *...el manzano amigo en aquel lugar...*

¿Hasta dónde va a llegar?

Hasta tus entrañas, niñita, como *Gracias a la vida*, *Te recuerdo, Amanda*, *El derecho de vivir en paz* y todas esas canciones que se abren camino entre tus órganos y tejidos para removerte las tripas.

El árbol, que ella imaginaba gris, adornado con sus últimas hojas amarillas, se confundía con la presencia o la ausencia de ese profesor-manzano-amigo que ya no estaba en aquel lugar y que seguramente había pasado frío, había sentido dolor y había perdido una a una, nota a nota y con un tempo muy lento, todas sus hojas en una celda oscura antes de desaparecer. Una remota pena gris y amarilla emerge a la superficie. Por la tarde, tumbada en la cama, llora a pesar de sus esfuerzos por contenerse. «Estoy triste por tu profesor y por todos los desaparecidos», dijo, avergonzada, cuando su madre le preguntó qué le ocurría.

«Los desaparecidos», condensados en esa fórmula abstracta, «aparecían» a sus ojos como una masa de rostros, manos y cuerpos evanescentes, cubiertos de ceniza. Años más tarde creyó reconocer esa imagen en las fotografías de los campos de concentración nazis, que descubrió con una impresión de *déjà-vu*. En cuanto al profesor, la madre le explicó que, al enseñarle esa canción a sus alumnos, había deseado que lo recordaran «con entusiasmo y alegría de vivir». Sí, claro... Eso la entristeció aún más. Pero había que parar, porque ahora sí era el colmo: ¿vas a pedirle a tu madre que te consuele porque sus amigos desaparecieron? Usurpadora incorregible.

En busca de «V»

Al poco tiempo, *yo* se enteraría de que su propio nombre había sido escogido por los padres en homenaje a uno de esos desaparecidos, cuyo nombre, Víctor, también empezaba con V. No el profesor-manzano-amigo, del que nunca más escuchó hablar, sino otro que había sido detenido al mismo tiempo que ellos. Vaya idea. Podrían haber retomado el nombre completo, en femenino: «Victoria». Pero, dada la magnitud de la derrota, habría sido inapropiado: utopía obstinada o ironía de mal gusto. «Verónica», entonces. «Te bautizo en el nombre del Padre, del Hijo... y de Víctor». Obviamente, esa grafía-homenaje tampoco bastaba para hacer de ella la protagonista del dolor; a lo sumo, una depositaria privilegiada. Se aferró a esa letra como a un retazo, una ramita, el último vestigio de un vínculo imperioso.

Tras las huellas de esa enigmática V, exploró los archivos digitales de las violaciones a los derechos humanos en Chile. Ahí leyó y releyó el reporte de su desaparición: «Víctor XXX, soltero, 24 años de edad, militante comunista, fue detenido por agentes del denominado Comando Conjunto Antisubversivo el día 3 de enero de 1976 en la vía pública, ignorándose su suerte o paradero desde entonces». 3 de enero. *Yo* había nacido al día siguiente, cuatro años después. Debía ser una señal.

Para darle densidad a ese fantasma siempre a punto de esfumarse, contemplaba la fotografía de Víctor publicada en esa misma página: un hombre joven, de sonrisa amplia, pelo negro, cejas pobladas, ojos negros y avispados, orejas pequeñas, nariz fina y puntiaguda. En perfil de tres cuartos, mirando a alguien situado fuera de la imagen, sostiene en su mano derecha una copa de vino, como si se aprestara a brindar o acabara de hacerlo. En ese ambiente festivo, junto a él figuran dos personas cuyos rostros salen parcialmente del cuadro. Con delicadeza, una de ellas posa la mano sobre su hombro izquierdo.

Yo se esforzaba por encontrar similitudes. Pero, fuera de la sonrisa amplia, no logró identificar otras. Aun así, tenía que estar ligada a esa persona, en la vida o en la muerte, por algo más que una simple grafía. Entonces empezó a imaginar que su destino debía ser el mismo. La tristeza cedió el paso al orgullo anticipado ante la posibilidad de morir como mártir, dejando tras de sí un ejemplo de resistencia, un brindis, una fotografía... y una canción tal vez. En secreto, escrutaba los signos de su consagración. La esperaba, la deseaba incluso; un deseo inconfesable porque desear la desgracia era una vergüenza, un insulto a los sobrevivientes.

Cuando cumplió los veinticuatro años —edad en que, según sus investigaciones, Víctor desapareció—, no pudo evitar sentirse decepcionada de que ningún acontecimiento importante se produjera en su propia vida, fuera de una gigantesca depresión nerviosa que, sin gloria ni heroísmo, por poco la mata.

La superficie del relato

Entre las experiencias ajenas que *yo-esponja* absorbió vorazmente, estaba también lo que los padres habían vivido durante su encierro en una cárcel clandestina. Tema espinoso. La niña había escuchado por boca de la madre algunos relatos, más bien románticos, que ella seguía atentamente sin atreverse a hacer preguntas.

Érase una vez una joven y su pareja, ambos en prisión. ¿Cómo llegaron hasta allí? Es un cuento largo y complejo, con muchos actores y acontecimientos: los «subversivos» de esa época que, como el presidente derrocado, soñaban con un mundo mejor; los militares golpistas que los perseguían; la clandestinidad, la traición de una persona cercana, una trampa fatal; y luego el secuestro de la chica, su pareja y uno de sus amigos. Más adelante te contaré ese cuento en detalle. El hecho es que la muchacha se encontró en prisión, en una celda diferente a la de su compañero. Encerrada entre cuatro paredes, deshilachaba las sábanas de su cama y tejía trenzas con las hebras para no volverse loca, porque el tiempo, densificado, fluía muy lentamente.

Esa experiencia de Penélope, que pareciera anodina, debió dejar una profunda huella en la joven porque, no siendo ya tan joven, cuando vio a una de sus hermanas peinar con trenzas a su sobrina, empezó a gritar rogándole que parara porque le resultaba insoportable; como el retrato de Víctor Jara, le dolía. No fue la madre quien le habló a su hija de esa crisis; fue de otra fuente que esta última obtuvo dicha información. Demasiado tarde, por desgracia; de lo contrario, nunca le habría pedido que la peinara de ese modo, como había hecho tantas veces durante su vida en común.

En la cárcel, los soldados regañaron o castigaron a la chica por las sábanas deshilachadas, así como por los hilos trenzados. La orden era aburrirse: prohibido inventarse cualquier ocupación. Sin embargo, ella persistió en sus pequeñas revueltas. Por ejemplo, de vez en cuando se acostaba en la cama al revés, con los pies en la cabecera, transgrediendo las normas del buen dormir.

Fue justamente cuando encontró a la niña, ya adolescente, de ese modo acostada en la cama poco después de la muerte del abuelo, que, sorprendida y conmovida, le contó que ella había hecho lo mismo, pero por otros motivos y en otras circunstancias. Desde entonces, la niña-ya-adolescente intentaba reservar esa posición solo para las grandes penas, hasta que descubrió que, al abrir una perspectiva distinta sobre el mundo, acostarse al revés ayudaba a combatir el insomnio provocado por asuntos más triviales.

En prisión, la joven parecía aún más joven, quizás porque era pequeña y siempre andaba peinada con trenzas —otra vez, las trenzas—. Un soldado que al verla tan frágil y delgadita pensaba en su propia hermana menor, le llevaba de vez en cuando —¿o lo hizo solo una vez?— un durazno que ella comía con avidez porque en Chile los duraznos son los mejores del mundo: grandes, dulces, jugosos, nada que ver con los de México, te aseguro, hija mía, que en ningún otro lado son tan ricos... También por su aspecto enternecedor, le permitían sacarse la venda de tanto en tanto. Gracias a este «privilegio» pudo ver el rostro de varios torturadores que se propuso nunca olvidar para testificar algún día contra ellos, si acaso lograba sobrevivir. De eso también hablaremos un día: te mostraré sus caras para que puedas reconocerlos. «Mira, niñita, te voy a llevar a ver...».

En cuanto al pololo de la muchacha, una noche, semiconsciente, recibió la visita del fantasma de un antepasado, un bisabuelo o un tatarabuelo, quien le anunció que él y su compañera sobrevivirían.

Dado que el pololo en cuestión, más tarde el padre de la niña, hablaba poco o nada de esos asuntos y era extremadamente escéptico respecto a los fantasmas, habría sido difícil saber si ese episodio era genuino o si obedecía a la necesidad estilística de introducir en este punto del relato lo que se conoce como «prolepsis».

Por cierto, la chica y su novio estaban tan unidos que cuando los torturadores les decían que iban a matar a uno de los dos, ordenándoles perversamente que ellos mismos eligieran a cuál, el uno siempre pedía que se salvara el otro. Por eso les decían «Romeo y Julieta»; o tal vez fueron ellos quienes decidieron llamarse así.

En fin, un buen día, probablemente gracias a la intervención de algún pariente lejano de alto rango –un general golpista que escuchó las súplicas de la familia–, Romeo y Julieta fueron liberados. Los metieron en una furgoneta, con las manos atadas y los ojos vendados, igual que al principio, y los tiraron como dos bultos en un terreno baldío cerca de la ciudad. Irreconocibles, volvieron a sus respectivos hogares. El resto ya lo sabes, nena, te lo he contado: el apresurado matrimonio –la fotografía de esa ceremonia cuelga en la pared de nuestra habitación–, los adioses, la salida al exilio para una «luna de miel» que nunca terminaría.

Por su parte, el amigo que había sido secuestrado al mismo tiempo que ellos se quedó en la cárcel. Ambos se despidieron de él antes de partir, y nadie sabe qué fue de él. Está «desaparecido», pero, de alguna manera, reaparece en la inicial de tu nombre.

Ese es el cuento, niñita, todo te lo he dicho, todo te lo he mostrado: «la luna brillando en el mar...».

Inmersión

Pero, tarde o temprano había que zambullirse. Pensar o imaginar lo inconcebible. *Auscultarse minuciosamente. Tomarse el pulso. Aferrarse al más mínimo descubrimiento. Palparse.*

Y zambullirse.

El mar estaba frío, la luna no iluminaba las profundidades. A ciegas, buscábamos algo a qué aferrarnos: una palabra, una imagen, un signo certero para componer una bella historia, o una historia a secas. Imposible: estábamos más acá o más allá del lenguaje.

¿Qué has visto, niñita?...

¿Qué has escuchado, niñita?...

¿Qué has sentido, niñita?...

La Historia está escrita en nuestra piel. De la piel a la palabra hay un largo trecho. Sería necesario inventar un nuevo lenguaje para recorrerlo.

Ahora sufro lo pobre, lo mezquino, lo triste,
lo desgraciado y muerto que tiene una garganta
cuando desde el abismo de su idioma quisiera
gritar lo que no puede por imposible, y calla[9].

Ciertamente, se podría entrar en detalles. Decir que alguien torturó a alguien, lo golpeó, lo quemó con cigarrillos, lo ató a la «parrilla» para electrocutarlo, lo violó varias veces, lo humilló hasta hacerle dudar de su propia pertenencia a la humanidad. Decir que en la celda de al lado o en otras prisiones alguien mató a alguien a cadenazos, le arrancó las uñas, le introdujo ratas en la vagina, lo obligó a comer su propio vómito, su propia mierda, lo colgó de los testículos, le inyectó el virus de la rabia y lo metió en una jaula para verlo enloquecer antes de caer en coma. Se podría, sí, describirlo todo, pero lo esencial se nos seguiría escapando.

Los cuerpos. Su sufrimiento irreductible, infinito para cada cual.

Cuerpo desnudos, golpeados, aniquilados.

La oscuridad, los gritos, el dolor, la náusea, la dislocación de los miembros –un brazo aquí, una pierna allá; una mano, una oreja, y la cabeza, ¡¿dónde está la cabeza?!–, el frío, el contacto ciego con otros cuerpos.

Su cuerpo, mi cuerpo.

«¿Y quién tiene un cuerpo que puede decir suyo? (¿quién, acaso, puede decir yo?)»[10].

---

[9]   Rafael Alberti, «Nocturno», *De un momento a otro* (1934-1939).

[10]   Marta Dillon, *Aparecida*, Buenos Aires, Editorial Sudamericana-Penguin Random House, 2015.

Yo comprende entonces que la película entresoñada en los brazos del padre se refería también a él, a la madre, a nosotros. ¿A nosotros? No a mí, sino a ellos en mí. Las sábanas, las trenzas, los ojos vendados, las manos atadas, adquieren otra dimensión, y ahora puede imaginar «el resto». La superficie lisa del relato se desgarra. Es el horror. *Yo* descubre lo que la palabra «tortura» apenas sugiere, lo que significa realmente la «sobrevivencia», la parte inevitable de «subvivencia» que ella implica: algo que no está más allá, sino más acá de la vida. Algo que falta, algo que se ha perdido para siempre.

Y comprende otras cosas que antes no quería o no podía entender: el sueño agitado del uno, sus sobresaltos desmesurados cuando se intentaba despertarlo aun con suavidad, sus problemas de audición, una pequeña cicatriz en el dorso de la mano izquierda, sus ausencias, sus silencios, su talante taciturno, su mirada esquiva; la intolerancia de la otra a los gritos, a las películas ambientadas en esa época, su incomodidad en ciertas situaciones, sus carencias, sus excesos, su preocupación constante por guardar las apariencias, su necesidad de quedarse siempre «en la superficie».

Todo se vuelve sospechoso; lo que estaba ausente se vuelve omnipresente. Imposible discernir las causas y los efectos. Te preguntas qué les quitaron, qué mataron en ellos, qué parte de su propia muerte te corresponde; y, por el contrario, qué les queda, qué persiste, qué resiste en ti. El más mínimo gesto te remite a esa región extrema de la experiencia. Te preguntas si aún están allá, si han vuelto plenamente a este mundo. Si tú también estás allá, con ellos. Dónde es «allá», dónde es «acá». «Quien ha sido torturado, permanece torturado», decía Jean Améry a su regreso de los campos de concentración nazis. ¿Y sus hijos? Te avergüenzas de plantearte la pregunta, pides disculpas. Te la planteas de cualquier modo. No hallas respuesta.

El mar estaba frío, la luna no iluminaba las profundidades. Y la niñita ya no era una niñita, sino una anciana centenaria cuyos ojos de cristal reflejaban todos los paisajes.

Los pseudorrecuerdos

Hay ciertas escenas recompuestas por su mente retorcida que *yo* nunca logró sacarse de la cabeza. No eran recuerdos, si bien lo parecían en razón de la vivacidad con la que se superponían a la realidad inmediata. Como la imagen de las trenzas en el caso de la madre, pero de modo menos violento y más morboso. Así, a veces imaginaba que ella misma, o sus seres queridos, eran sometidos a atroces suplicios. En un instante se abrían las puertas del infierno: una persona recostada en un sofá de repente pasaba a la «parrilla»; otra que se inclinaba sobre el fregadero de la cocina para lavar la loza se sumergía en el «submarino»; una mujer en los brazos de un hombre estaba siendo violada... Podría llamarse a esas proyecciones *pseudorrecuerdos*. *Pseudo*, porque carecían de anclaje en sus propias vivencias y por lo tanto estaban de alguna manera traficados, manipulados. *Recuerdos*, no solo por su intensidad, sino también porque, a pesar de todo, remitían a relatos o imágenes reales (fotografías, dibujos, películas) que *yo* había escuchado o visto en alguna parte, y que su mórbida imaginación reactualizaba, transponiéndolos a las más diversas situaciones.

No se trataba (necesariamente) de una obsesión, sino más bien, suponía ella, de una «realidad paralela» o un «mundo posible» del que solo algunos individuos, demasiado lúcidos o demasiado locos, tenían consciencia, como si hubieran nacido con un tercer ojo. Tampoco es que *yo* convocara voluntariamente esos pseudorecuerdos; eran ellos los que, de algún modo, se pensaban en ella.

Ciertas antipatías e incluso fobias estaban claramente vinculadas con ese curioso fenómeno. Empezando por los policías. Al verlos, ya fuera en el marco de un operativo de rutina o un simple control de identidad, una multitud de escenarios se desplegaba en su mente y su cuerpo sufría cambios imperceptibles: su pulso se aceleraba, su respiración se agitaba, sus sentidos se ponían en alerta, sus músculos se contraían. Era una reproducción involuntaria, si bien atenuada, de las reacciones que, en contextos semejantes, había percibido en su padre, cuya mirada revelaba, a su pesar, una mezcla de temor, ansiedad y rabia. Probablemente él evocaba entonces recuerdos específicos de la época en que los militares de su país estaban rodeados por el aura ominosa de la muerte. Recuerdos de los que él nunca le habló, pero que *yo* reconstruyó gracias a sus propias fuentes –en particular los libros encontrados en el librero de la casa–, incorporándolos de modo literal.

Más profundamente, el mundo interior de la niñita centenaria estaba poblado de formas, colores, percepciones táctiles, sonidos y olores extraños, extranjeros; un amasijo de sensaciones que no habría podido relacionar exclusivamente con su propio pasado. Como si en los estados de hiperestesia provocados por el sueño, la fiebre o ciertas sustancias ilícitas que, temiendo ese efecto de despersonalización, prefería evitar, su piel recordara las experiencias de alguien más.

Sueños del cuerpo

Está en una cueva. Las paredes son estrechas, blancas, con cavidades, y el techo muy bajo. El suelo, irregular, sembrado de obstáculos, está cubierto de polvo, blanco también. Camina con dificultad, apoyándose en las paredes. Busca a alguien. Busca algo. La celda de su madre: eso busca. Sabe que está cerca. «Cuéntame lo que has vivido, quiero saber lo que has vivido», dice, con voz apagada. El camino se bifurca. Al final de un pasillo divisa la celda, amplia, iluminada. Hacia allá se dirige. Se detiene en el umbral. La luz emana de potentísimas lámparas; la deslumbra, le hiere los ojos. En el centro de la habitación, una cama metálica. Se aproxima. La madre está ahí, tumbada, pero de repente ya no es ella: es *yo* quien ha tomado su lugar.

Ser observada por alguien, o por muchos. Juzgada, analizada, escrutada. No puedes ver sus ojos ni sus caras, pero sientes el peso de su mirada. Te miran desde afuera, desde adentro, desde todas partes. Panoptismo. Miradas que se cuelan bajo la ropa, penetran en el cuerpo y se inmiscuyen en tus pensamientos en busca de la más mínima imperfección, la más leve falta –*¿dónde estabas?, ¿con quién?*

¿cuándo?, ¿por qué?–. Intentas cubrirte, pero no lo consigues: estás desnuda, expuesta. Despojada de ti misma, violada. Violada, sí.

Surge entonces la culpa: *¿qué has hecho?, ¿qué has hecho para merecer esto?* Pero sobre todo la vergüenza: *¿quién eres tú en tu absoluta desnudez?*

Ínfimas agujas se incrustan en la piel, haciéndola enrojecer. No hay emoción más epidérmica que la vergüenza. Siempre al acecho, sale al ataque en algunos sueños. Durante el día puede surgir no solo como resultado de pequeños desatinos sin importancia, sino también tras alguna intervención pública –una clase frente a los estudiantes, una conferencia, una entrevista–, aun trivial y aun exitosa, en la que tienes la impresión de haber sido demasiado observada, o muy de cerca, o desde adentro. El calor sube, te ruborizas, transpiras. Incomodidad, bochorno. Quieres salir corriendo, esconderte, desaparecer. La ves venir, te preparas. Ya está aquí: es una nueva crisis de vergüenza universal. A partir de entonces, todo lo que haces, dices o piensas en cualquier circunstancia, y hasta el hecho mismo de existir, te llena de vergüenza. ¿«Vergüenza del sobreviviente», como diría Primo Levi? No todavía. Vergüenza del «subviviente», del «infraviviente», que aún no sabe si logrará o no sobrevivir. No te queda más que meterte a la cama y esperar a que pase.

¿De qué modo ese fenómeno remitiría a las experiencias de alguien más? *Yo* lo sabe, o cree saberlo, pero no puede decirlo porque para ello sería preciso volver sobre acontecimientos propiamente indecibles. Interrogatorios, electrocuciones, vejaciones y tantas otras cosas a las que el cuerpo tiene acceso, pero no el pensamiento ni la palabra. Al menos no directamente, no aquí, no por ahora.

Lo mismo ocurría con las sensaciones asociadas a los espacios estrechos y oscuros y, sobre todo, a la «suciedad anónima», aquella que se puede encontrar, por ejemplo, en los trenes nocturnos o en las habitaciones de hotel mal aseadas. Pelos en el lavabo o en el desagüe de la ducha, una mancha en las sábanas, un olor sospechoso en el armario, y todo el espacio se vuelve inhabitable, saturado como está de partículas de suciedad anónima de las que solo sería posible protegerse evitando el contacto con el suelo que se pisa o con el sillón en el que se está sentado.

Nada elegantes pero muy elocuentes, las pesadillas de la niñita centenaria giraban en torno a esa suciedad anónima concretizada en la imagen del «baño público», que se repetía con innumerables variantes. Baños de restaurante, baños de tren, baños de habitaciones de hotel, baños de balnearios, baños de la calle. Baños turcos, baños secos, baños clásicos. Poco importa el tipo: están siempre sucios, desbordantes de orina y excrementos, en un compartimento demasiado estrecho, cuya puerta además está ausente o no cierra bien. Pesadilla coprológica de la que, a pesar de los esfuerzos por mantenerse «de aguilita» sobre el inodoro para no tocarlo, no se logra salir ilesa ni mucho menos limpia. No es la oscuridad de las cámaras de tortura, ni los gritos, ni el dolor, ni la fragmentación de los miembros. Simplemente, el asco.

Esas sensaciones no tenían soporte alguno. Imposible saber incluso si eran realmente sensaciones o puras invenciones. Ficciones de la piel, evanescentes, itinerantes. Sueños del cuerpo: sueños somáticos.

La neurosis del Aleph

Es así como *yo* se transformó en el receptáculo de un pasado que no era el suyo. Un pasado que en parte desconocía, pero que estaba impregnado en su piel y, filtrándose hasta las capas más profundas, se había mezclado con su sangre. Por sus venas y arterias corrían fragmentos microscópicos de la memoria, sedimentos de la Historia, tantos y tan punzantes que comenzó a sentirse demasiado llena. Algo similar les ocurrió a la Princesa Montonera y Ángela Urondo, cuyos relatos leyó en la biblioteca volviéndose íntima amiga de ambas sin que ellas lo supieran, y cuyo modo de vaciarse conocemos ya. Vaciarse o «aliviarse», como dicen los chamanes que, según recuerda Ángela, beben ayahuasca y luego vomitan para acceder al estado de transe. Aliviarse, sí, para andar por la vida un poco más ligera.

Pero la Historia se demora en transitar. Se incrusta, se acumula, se atasca. El cuerpo no logra desprenderse de ella, expulsarla. Hace intentos infructuosos. Se enferma, se contorsiona, se retuerce, se paraliza, a veces literalmente: parálisis facial, cuenta Ángela. Parálisis facial sufrió también, en su adolescencia, la niña centenaria. Encerrada en su habitación, pasó varios meses ocultando al mundo ese rostro cuya mitad derecha había perdido toda expresión; rostro mezquino, con un ojo siempre abierto, y que, al sonreír, esbozaba una mueca diabólica. En vano los médicos trataron de identificar causas virales o neurológicas.

Más lúcida, Ángela supuso que su parálisis, fruto de una somatización, contenía algún mensaje psíquico por descifrar. Por su parte, lejos como estaba de la introspección analítica e interpretando mal los signos, *yo* imaginó que ese mensaje era más bien de orden epistemológico-metafísico.

El Aleph le pareció ser la clave. Ese cuento de Borges la había fascinado hasta inmiscuirse en su propia realidad. Según cuenta el relato, el personaje principal, Borges mismo, se entera un día de que, en un edificio que pronto será demolido, hay un Aleph, «un punto del espacio que contiene todos los puntos». Incrédulo, acude al lugar indicado. En el sótano del comedor, tendido sobre el suelo, percibe un diminuto agujero. Cierra los ojos, los abre luego y ve entonces... «el inconcebible universo». El cielo, la tierra, los mares, los bosques, las casas, las calles, los árboles, las hormigas, las multitudes, los individuos, el rostro de las personas vivas o muertas, los cuerpos, sus tejidos, sus órganos, las máquinas en las ciudades, los libros, las páginas, las letras, las bibliotecas, el sol, la luna, los planetas, las estrellas. Los seres y los objetos habidos y por haber podían observarse simultáneamente a través de esa ínfima ventana hacia el infinito.

En noches de insomnio, muy preocupada por cuestiones epistemológicas o muy neurótica, *yo* creyó descubrir el Aleph no en un sótano, sino entre las sábanas de su cama. Un falso Aleph, desde luego, resultado de un esfuerzo intelectual extremo que la había conducido a la intuición, o la visión (con los ojos cerrados, hay que precisarlo), de la trama que compone el universo y que vincula cada uno de sus puntos con los demás. Un problema en particular comenzó a perturbarla, semejante al que se planteó Borges, saturado también de fragmentos, cuando intentó describir el Aleph: el hecho de que, al abordar cualquier tema, la perspectiva adoptada por el investigador o el escritor implica de modo inevitable la exclusión de otras perspectivas posibles, igualmente importantes y legítimas. Lo mismo ocurre con la narración: contar algo desde el punto de vista de un personaje exige suspender o incluso anular el de los demás, ya sean protagonistas, antagonistas o figurantes. Es más, situar una palabra en lugar de otra en la cadena del discurso barre de un plumazo, y de forma bastante arbitraria, la amplia gama de posibilidades léxicas relegadas para siempre fuera del texto.

La visión aterradora del inefable Aleph la dejó estupefacta. La paralizó, literalmente –pensaba ella, creyendo que la causa de su mal era una especie de constipación gnoseológica–.

Cuando no hay palabras

En torno a esas cuestiones siguió reflexionando durante los meses que duró la parálisis facial, sintiéndose siempre demasiado llena, habitada por lo que le parecía ser la plenitud del Sentido. No pretendía haberla alcanzado, pero sí entrevisto, con la vertiginosa conciencia de las innumerables posiciones desde las cuales cada objeto, y todos los objetos, pueden ser descritos o analizados. El Aleph se presentaba justamente como la manifestación sensible de esas potencialidades que, en su conjunto, trazaban el horizonte del Sentido. Entonces contempló la posibilidad de volverse mística, o filósofa, o semiotista...

Quince años más tarde, tales problemas abandonaron el terreno puramente teórico para encarnarse en una dificultad muy concreta: poner en palabras lo que había ocurrido en la familia, y en el país entero, antes de su nacimiento. Fue en la época de la depresión, cuando empezó a frecuentar a un especialista de la psique. Los enigmas de su juventud se volvieron apremiantes y, a falta de respuesta, insoportables. ¿Cómo describir esas experiencias ajenas que la invadían y la desbordaban? ¿Cómo dar a conocer un sufrimiento sin fondo? Es posible recurrir a las cifras: número de muertos, torturados, exiliados o desaparecidos. Pero esas cifras, sean las que fueren, una vez enunciadas ocultan brutalmente la experiencia individual de las personas que los números o los porcentajes supuestamente representan. También se puede elegir el punto de vista de tal o cual víctima, pero los únicos que estuvieron confrontados al extremo más radical de la experiencia son los muertos o los desaparecidos (en este caso, «V», el amigo de los padres), quienes nunca podrán dar testimonio y ante los cuales todo relato se queda corto. Otra opción es intentar expresarse en nombre propio —«yo, hija o hijo de...»—, pero, al no haber vivido los acontecimientos en cuestión, las palabras se agotan rápidamente; solo queda el llanto, que atrae indebidamente la atención sobre uno mismo, siendo que no se trata solo de una tragedia personal. Se puede entonces hablar en nombre de algunos sobrevivientes; los más cercanos, por ejemplo. Pero, al internarse en el «drama familiar», se omiten o minimizan otros relatos, que solo en su conjunto permitirían dimensionar la catástrofe. Y, cuando se intenta abarcar ese conjunto, se termina enumerando los métodos de tortura y los «casos» más o menos emblemáticos, lo cual despersonaliza el asunto. Y, a partir de ahí, se vuelve a caer fácilmente en las cifras...

Decirlo todo al mismo tiempo, observarlo desde todos los puntos de vista, del más singular al más general, expresando el sufrimiento individual y colectivo, eso es lo que *yo* habría querido y nunca logró hacer. La más mínima omisión o atenuación era no solo azarosa e injustificada, sino grave hasta el punto de volverse imperdonable:

cada elección tenía el poder de una negación fatal. Decirlo todo, sí, como quien vomita de golpe, explosivamente, para aliviarse al fin.

Ahora más abierta a la introspección analítica, *yo* concluyó que su parálisis de antaño, y quizás gran parte de sus especulaciones filosóficas, no habían sido sino el fruto de una neurosis que el cuento de Borges había alimentado o gatillado, y que su falso Aleph era la cristalización intelectual, ficcional e imaginaria de un horror real que durante mucho tiempo había permanecido oculto y bloqueado en alguna parte sí misma.

Buscando siempre deshacerse de los sedimentos en él depositados, el cuerpo no dejó de emitir otros mensajes, afortunadamente menos radicales y más transparentes a sus ojos. Así, cuando decidió efectuar investigaciones de campo para llenar las lagunas de esta historia, casi todos sus viajes a Chile se acompañaron de rinofaringitis con extinción parcial de voz. Era evidente: algo había atascado en su garganta. Inflamaciones, tos, secreciones, «mocos de la memoria», males que la Princesa Montonera trataba eficazmente con homeopatía, siempre y cuando dejara los antibióticos y los «derechoshumanos», y que *yo* curaba con ponches y tés de limón, tratando de reducir su consumo de cigarros y de «crímenesdelesahumanidad».

El *deber de silencio*

Algo había pues atascado en su garganta...

«¿Por qué tus padres se fueron de Chile?», le preguntó alguien un día, ingenuamente. Después de unos segundos de reflexión, *yo* respondió: «Partieron de luna de miel». Asombrado, el interlocutor quiso saber más: por qué la estadía duró tanto, por qué nunca volvieron a su país, cómo fue que su proyecto de vida cambió de modo tan radical... «México les gustó mucho y decidieron quedarse», sostuvo ella, poniendo punto final a la conversación.

Nunca ignoró, sin embargo, los verdaderos motivos de su exilio; los conocía perfectamente, y pensó de inmediato en ellos cuando la pregunta le fue planteada, sabiendo además que los detalles más escabrosos del relato no se encontraban ahí. Pero algo dentro de sí misma la obligó a ocultarlo todo, una nebulosa de conminaciones y sentimientos, entre lealtad, discreción, incomodidad y angustia. Curiosamente, su respuesta correspondía al escenario que los propios padres habían concebido al salir de Chile:

—¿Motivo de su viaje?

—Nos vamos de luna de miel, señor soldado. Nos casamos ayer.

Que, en ese contexto, los viajeros evitaran a toda costa revelar las razones de su partida era comprensible. Pero ¿por qué se callaba su hija veinte años después, cuando ya nada había que temer? ¿Por qué le costaba tanto hablar de esos asuntos, siendo que estaban en apariencia muy lejos de ella? Le resultaba más fácil exponer algunos aspectos de su vida íntima que contar, aunque fuera en términos generales, la historia de su familia.

¿Por qué...?

Exploró ese silencio, su silencio, buscando en él otros rastros del pasado. La censura, por ejemplo. La persecución. La vigilancia. Y el intento por escapar de ellas: la clandestinidad. ¿Y si algo quedara de eso?

Ocultar, ocultarse. Sobre todo en el caso de los militantes que, después del golpe, se sumaron a la resistencia. ¿Cuántas veces disimularon informaciones, fingiendo que nada sabían? ¿Cuántas veces mintieron para proteger al Partido o salvar su vida y la de sus compañeros? ¿Cuántos nombres y lugares se esforzaron por olvidar? ¿A qué estrategias tuvieron que recurrir frente a la tortura para nada decir, para decir un poco o, ya sin fuerzas, para decir lo justo y necesario, esperando tener algunos minutos de descanso entre la parrilla y el submarino sin que ello acarreara consecuencias demasiado graves? ¿Qué costo tuvo para ellos y los otros una palabra, una seña, un gesto de más, cuando ya no podían aguantar? Los que se callaron, los que dijeron algo, los que, completamente quebrados, delataron a uno o a varios: todos ellos están atravesados por el deber de silencio.

Con el paso del tiempo y las generaciones, las reminiscencias de ese deber, y de ese silencio, debían persistir en algún lado. ¿En la casa? Quizás. En los lugares públicos, sin duda: en el trabajo, en la calle, ahí donde antaño el peligro estaba continuamente al acecho. «Confianza» y «confidencia» están ligadas por la etimología. Difícil pues reconstituir los vínculos sociales cuando ya no se puede confiar en el otro, ni confiarse a él. Callar se vuelve entonces un reflejo de protección y, a fin de cuentas, de sobrevivencia. Hay antiguos militantes que, incluso entre ellos e incluso en tanto testigos frente a los tribunales que hoy en día tratan de hacer justicia, evitan abordar ciertos temas o proporcionar determinados datos que en realidad a estas alturas carecen de importancia, como si la amenaza estuviera siempre presente. Acaso lo está aún, ahora en el interior de cada cual, vigilante y carcelero de sí mismo.

Hija del silencio, ahora está claro: te callas porque sabes –¿sabes? Intuyes, más bien– que hablar es traicionar, a los padres, a los amigos, a los compañeros de una antigua lucha que no es tuya, pero que continúa en ti.

Y te callas también por otros motivos. Algo semejante a la estupefacción, el pasmo, el recogimiento que provoca la muerte. Como en los funerales de un difunto reciente: se camina de puntillas, se intenta no hacer ruido, se habla quedito y poco, o nada. Por tristeza, por respeto hacia el muerto y hacia los vivos en torno a él. Si a alguien se le anuncia la noticia, se lo hace con delicadeza, tras un preámbulo bien preparado, sopesando cada palabra.

Piensas que, después de años, lustros, décadas, las heridas han cicatrizado. Porque «no hay mal que no cure el tiempo». Crees que esos añejos dolores se han apaciguado como ciertas penas en la vida que más tarde se pueden nombrar. Pero te equivocas: el duelo, este duelo, se prolonga indefinidamente. Piensas que no es tuyo, pero te equivocas también. Está dentro de ti. Te callas entonces *por tristeza, por respeto hacia el muerto* ¿qué muerto? Ese muerto, esos muertos, que la Historia puso ahí, no detrás tuyo sino junto a ti. Y te callas por respeto hacia los vivos que cargan con esos muertos y en los que algo también se ha muerto. Por unos y otros, *caminas de puntillas, intentas no hacer ruido, hablas quedito, y hablas poco, o nada.* Nada, más bien. Deber de silencio que impone el ritual interminable de su muerte.

El tránsito de la memoria

En esas condiciones está claro que su constipación verbal habría de durar aún varios años. Entretanto, más acá de la palabra, pero más allá de los síntomas y somatizaciones, *yo* logró encontrar algunas válvulas de escape. Por ejemplo, de vez en cuando solía transpirar la Historia. No es muy ortodoxo, pero sí muy saludable. Entusiasmada con la moda del *jogging,* tomaba su radio de bolsillo, sus audífonos, y salía a correr al parque escuchando no música, como la gente normal, sino programas y reportajes sobre las violaciones a los derechos humanos, el terrorismo de Estado, los genocidios y todo aquello que, de cerca o de lejos, se vinculaba con su pasado familiar. Mejor aún, en una cinta de correr dentro de algún gimnasio, colocaba su *ipad* sobre el soporte destinado a tal efecto y, a todo trote, miraba las películas documentales que más la conmocionaban: aquellas que hablaban de la dictadura chilena y quizás en algún momento harían referencia a su propia familia. Echando los bofes, transpirando como un cerdo, tenía la impresión de que todo aquello que entraba por los ojos y los oídos salía de inmediato por los poros, entre agua y vapor. O bien, a falta de un aparato electrónico, corría simplemente pensando en lo peor de lo peor. Así pasó en revista cada escena maldita, cada sesión de tortura, cada caso de desaparición que conocía, sintiendo, al final de la carrera, que esos pensamientos tan mórbidos y sombríos habían encontrado, al menos por el momento, un exutorio.

También era posible recurrir a los gritos, pero no lo hacía sino rara vez. Siendo bastante púdica y temiendo que los vecinos reclamaran, los ahogaba en su almohada, lo cual disminuía considerablemente su potencia liberadora.

En un estadio superior de «simbolización», como dirían los psicoanalistas, tomó al pie de la letra la idea del «papel sellado en la piel». Para hacer visible lo que en ese papel figuraba, buscó una imagen significativa entre todas aquellas que «duelen» para tatuársela en la piel. Esa herida autoinfligida habría de permitirle, durante el tiempo que duró la intervención, sentir como suyo un cuerpo transformado en el soporte de relatos ajenos, circunscribiendo así un dolor que, sin anclaje, parecía estar en todos lados. El dibujo era bastante minimalista: una luna creciente azul con una estrella blanca en la punta. La zona del cuerpo que escogió fue la parte inferior de la espalda. Curiosa elección, ya que ella solo podía ver el tatuaje reflejado en un espejo. Entonces lo percibía invertido, y la luna creciente se volvía menguante. Nada tenía que ver con Turquía; por desgracia, se percató de esa coincidencia demasiado tarde. Era simplemente el motivo de un colgante que la madre llevaba en el cuello y sobre el que la hija proyectó las emociones vinculadas al exilio en sus diversas facetas: la aspiración a un lugar inalcanzable o a un tiempo fuera del tiempo, el deseo de un retorno imposible y, sobre todo, la nostalgia —siempre, la nostalgia...— de ese lugar y ese tiempo irremediablemente perdidos. Quizás era esa luna, coronada por una estrella, la que *yo* imaginaba «brillando en el mar».

19800 *horas de llanto*

Entre las formas más convencionales de desahogo se encuentra, desde luego, el llanto. Indispensable, no siempre resulta fácil de extraer cuando la pena es demasiado grande o demasiado antigua. Mientras que el grito sale del pecho o el diafragma, el llanto viene de las regiones más recónditas de uno mismo. Hasta allá es preciso ir a buscarlo. Pero, una vez que se ha abierto el grifo, se requiere nuevamente un gran esfuerzo para cerrarlo.

En materia de llanto, *yo*, sumergida en aquella gigantesca depresión cercana a la melancolía que marcó su entrada no en la Historia sino en su propia historia, adquirió una extraordinaria pericia. Dado que semejantes catástrofes emocionales no se pueden superar sin ayuda profesional, y siguiendo el consejo de varios amigos que ya no hallaban qué hacer con ella, acudió a un especialista de la psique –aquel a quien habría de vomitarle todo su Aleph–. Si al principio el llanto surgía a cualquier hora y en cualquier lugar, volviéndose muy incapacitante, gracias a las consultas programadas con el terapeuta consiguió domarlo poco a poco. Esperaba impaciente esas citas apuntadas con tinta roja en su agenda y durante las cuales podía permitirse llorar sin freno. Por ella misma, por ella-otra, por mí, por ti, por él, por nosotros, por los demás; por ellos, con ellos... y en su lugar. Lágrimas de tristeza, de nostalgia, de horror, de impotencia, de desamparo, de abandono. Los días en que los motivos le faltaban, el llanto se nutría del llanto, las lágrimas llamaban a las lágrimas y sentía pena por tener tanta pena.

Durante cinco años, a razón de cuarenta y cinco minutos dos veces por semana sin interrupción, se dedicó a llorar. Descontando alrededor de un mes por vacaciones y días festivos –épocas en que el llanto se volvía más imprevisible y salvaje–, tenemos una suma de 88 días al año, es decir, 3960 horas. En cinco años, el total es de 440 días, esto es, 19800 horas, sin contar las horas extras, de las cuales no hay registro. También se podría hacer el cálculo en términos de mililitros o paquetes de pañuelos. Nuestros ojos producen 50 microlitros por hora de líquido lagrimal, es decir 1,5 mililitros al día. Suponiendo que en cuarenta y cinco minutos *yo* haya logrado vaciar un promedio de 0,5 mililitros, en 88 días debe haber vertido 44 mililitros, lo suficiente para llenar casi un frasco de perfume. En cuanto a los pañuelos, diez por sesión da exactamente 88 paquetes.

Yo desconocía hasta entonces que fuera posible llorar tanto sin morir de deshidratación.

Llorar a ríos, a mares, a océanos. No hay límites: todo tu ser se escurre en un flujo continuo.

Una vez que el cuerpo hubo dicho, vomitado, sudado, llorado y padecido la Historia, esta pudo seguir libremente su curso hacia el pensamiento o la palabra. Desaparecieron las inflamaciones, las parálisis, los estreñimientos, las congestiones.

Por fin, alivio.

Tras las huellas

Limpiar el vacío, despojarlo de la más mínima pelusa para que quede realmente vacío. Eso es lo que hizo. Buscar en las maletas, *auscultarse minuciosamente*, realizando el inventario de lo que el mar dejó en su retirada.

Ahora habría que determinar las dimensiones y la naturaleza del vacío, circunscribiéndolo. Y, lo más importante, ir tras las huellas, adondequiera que llevaran. *Investigar. Hacer preguntas impertinentes. Husmear en los asuntos ajenos. Escrutar los periódicos, los álbumes de familia. Hurgar en los armarios, a escondidas en los cajones. Hablar de aquello o de aquel del que no se habla. Apuntar todo en un cuaderno.* Solo así *yo* lograría, alguna vez, encontrar las palabras para escribir una historia que fuera solamente suya.

Revivir la batalla

Pero, antes de pasar a la etapa siguiente, cayó en la tentación de paliar las ausencias asimilándose simplemente al *otro*, convirtiéndose en aquello que no era e intentando (re)vivir, en su propia realidad, lo que no había vivido; lo que, por desgracia, no alcanzó a conocer. Entonces intentó desesperadamente recrear las condiciones de la batalla para poder reproducirla del modo más fiel posible, pobre rezagada llena de ímpetu y coraje.

«Pierre Ménard, autor del Quijote». Tal es el título de otra famosa ficción de Borges que cuenta la historia de un novelista francés del siglo XX cuya obra más exitosa, aunque inacabada, fue la reescritura del Quijote. La «admirable ambición» de Ménard no era copiar ni transcribir la novela de Cervantes, sino recrearla tal cual, justificando la necesidad de cada palabra a partir de su propia experiencia, de modo que la «nueva versión» (en sentido estricto, idéntica a la original) fuera el resultado de una teleología implacable. Apoteosis de un «plagio» que gracias al olvido o la ignorancia de la fuente, cultivados cuidadosamente y favorecidos por la distancia temporal y cultural, a los ojos tanto del (re)escritor como del lector no sería ya un plagio: «En un lugar de la Mancha, de cuyo nombre no quiero acordarme, no ha mucho tiempo que vivía un hidalgo de los de lanza en astillero, adarga antigua, rocín flaco y galgo corredor...». ¡Ah! ¡Qué obra maestra la de Pierre Ménard! (si bien no alcanzó a escribir ese primer capítulo).

Fue irresistible la tentación, en efecto, de seguir ese ejemplo, no en la escritura sino en la vida; o en esa escritura que es, a fin de cuentas, la vida. Las condiciones estaban más o menos dadas: otro tiempo, otro espacio y, si no otra lengua u otra cultura, al menos signos que no se podían descifrar del todo y que sería posible reinterpretar, transformando el plagio en una verdadera creación.

Así, en su juventud *yo* se esforzó por (re)vivir la historia del activismo y la resistencia, interpretando al personaje de la militante comprometida. ¿Comprometida con qué? Pregunta difícil, porque la Unidad Popular tal como había existido —esa coalición de partidos de izquierda que permitió en Chile el triunfo de Salvador Allende y acompañó su mandato hasta el golpe de Estado— había desaparecido, y no tenía equivalente en México. Comprometida, digamos, con la lucha por «una sociedad más justa» y contra «el imperio del capitalismo». A la espera de encontrar un grupo capaz de sumarse a esa batalla —porque no se puede hacer la revolución en solitario—, decidió convertirse en guerrillera. Ese término remitía no tanto a la idea de matar a alguien como a la de dar la vida por una causa, por la causa, por nuestra causa, compañeros: un mundo mejor, más igualitario, donde las diferencias de clase impuestas por el sistema socioeconómico que nos domina serían abolidas, y donde los ricos y los pobres, los morenos y los rubios, las mujeres y los hombres, los altos y los bajos, tendrían los mismos derechos. La palabra «guerrillera» condensaba pues los roles indispensables –militante, resistente, revolucionaria...– para repetir la Historia.

Cuando los jesuitas del colegio privado donde *yo* cursó la secundaria y el bachillerato a pesar del ateísmo de sus padres –convicción que no era tan fuerte como el deseo de ofrecerles a sus hijos una «buena educación»– les preguntaban a los alumnos qué querían ser de grandes, entre los «ingeniero», «contador», «arquitecto», «médico» y hasta «escritor», de repente se escuchaba un «guerrillera». Esa afirmación provocaba asombro mas no escándalo, porque los jesuitas eran sacerdotes de izquierda que si bien no arriesgaban su vida como algunos otros en Chile y vivían en condiciones, hay que reconocerlo, muy alejadas del voto de pobreza, de vez en cuando distribuían entre los chicos folletos sobre la teología de la liberación. Desgraciadamente, los destinatarios eran hijos de burgueses que no entendían una sola palabra de esos temas y que, por su falta de conciencia política, hacían la empresa menardesca aún más solitaria, penosa e improbable.

Con ese ímpetu revolucionario, durante un retiro organizado por los curas en el que cada uno de los alumnos fue invitado a tomar la palabra para sellar el vínculo de la comunidad que se había creado después de la misa, *yo* proclamó, con lágrimas en los ojos, que *los amo a todos, compañeros, y daría mi vida por cada uno de ustedes...* Estupor general. Ciertamente, se trataba de quererse mucho, de sentirse felices compartiendo este hermoso momento e incluso de prometer, con la mano en el corazón, nunca olvidarse unos a otros porque era maravilloso estar juntos y entrar en comunión gracias a ese encuentro hecho posible por los sacerdotes y por Dios mismo. Pero de ahí a dar la vida –¿con qué finalidad, por cierto?– y además por cada uno, como si la vida pudiera darse varias veces, había una gran distancia, un eslabón perdido.

No importa: *yo* estaba dispuesta a sacrificarse, llegado el momento. Como el amigo desaparecido cuya inicial para entonces se había transformado en una deuda; o, en su defecto, como los padres y otros sobrevivientes.

El «anacronismo deliberado»

Pero el momento tardaba en llegar. Mientras lo esperaba, leyó algunos cuadernos del Che Guevara que encontró en un estante de su casa. Tomó notas, sin olvidar que las estrategias tendrían que adaptarse a las circunstancias. En su primer día de clases en la universidad donde estudiaría la carrera de Lingüística y Literatura Hispánica, llevaba, como el Comandante en su foto más famosa, una boina negra con una estrella en el centro que se había propuesto no sacarse más, pero a la cual las condiciones climáticas y las exigencias de la vida cotidiana la obligaron a renunciar a los cuatro días. La profesora, una exiliada argentina entre los muchos que había en esa época, invitó a los alumnos a presentarse o decir algo en tres minutos cada uno. Cuando llegó su turno, *yo* comenzó a recitar el *Canto general* de Pablo Neruda, ese poema épico de más de quince mil versos que proclama la redención y la liberación de América Latina. Se sabía de memoria algunos fragmentos, y le bastaron unas pocas estrofas para llenar eficazmente el tiempo asignado. Ya que el propósito del ejercicio era empezar a conocerse, sus compañeros debieron sacar de esa intervención conclusiones vagas, y no necesariamente halagadoras: que a esa chica le gustaba la poesía, por supuesto –como era de esperar respecto a cualquier estudiante de letras–, pero sobre todo que era un poco rara y probablemente bastante pretenciosa. Tampoco eso tenía importancia, porque ella estaba de paso, y más tarde sería recordada por razones más loables.

Esperando siempre que su hora llegara, se propuso obtener excelentes notas para luchar contra el sistema desde adentro. Fue la estudiante más sobresaliente de su generación, sí pero, en términos de lucha política, ese estatus no parecía servir de mucho. A lo sumo, le dio la oportunidad de hacer algunas intervenciones públicas un poco desatinadas. Entonces le quedó claro que nada reemplazaría el trabajo de calle en tanto motor de la reforma social.

Una manifestación, eso es lo que hacía falta: potente, multitudinaria, memorable. Contra el alza del costo del transporte público, por ejemplo: un golpe más que el sistema asestaba al pueblo. Junto con un amigo al que había iniciado a la lectura de Marx, distribuyó folletos en todas las facultades y en varias calles de la ciudad, indicando fecha, hora y lugar del encuentro. Llena de ímpetu y coraje revolucionario, el día previsto acudió a la cita en la plaza central de la ciudad, el Zócalo. Al cabo de quince minutos, llegaron cuatro personas y luego una quinta. A su alrededor, los transeúntes circulaban y los adolescentes salían del colegio. No parecían estar al tanto del acontecimiento. Aunque *yo* les dio a leer los folletos, todos siguieron su camino. Tras cuarenta y cinco minutos de espera, los escasos manifestantes comenzaron a impacientarse. Uno de ellos preguntó quién demonios había organizado esa manifestación fallida. Ella ni siquiera tuvo el valor de decir «yo». Se encogió de hombros, mirando al suelo. Los otros llegaron entonces a la conclusión de que se trataba de un intento de sabotaje por parte del «enemigo» para desmotivar a la gente y reducir el poder de convocatoria de las verdaderas manifestaciones.

Afortunadamente, ese sabotaje involuntario no impidió que más adelante se produjeran verdaderas manifestaciones. Aunque ya no intentaba participar en su organización, acudía sin falta, siempre llena de ímpetu y coraje revolucionario. Como medida de protección, se aconsejaba a los manifestantes no dar su nombre ni sus datos si algún extraño inquiría al respecto, así como evitar ser fotografiados por la gente que no formaba parte del cortejo. Todo ello en caso de que a los servicios de inteligencia mexicanos se les ocurriera imitar a los países del Cono Sur sometidos en otra época a regímenes dictatoriales. Si esas instrucciones eran válidas para el común de los mortales, resultaban inútiles, e incluso contraproducentes, para los futuros mártires de la revolución. Es por eso que *yo* se empeñaba en figurar con el rostro descubierto y una gran sonrisa en las fotografías tomadas por los curiosos y los pocos periodistas que se interesaban en esos acontecimientos, revelando su nombre a quien quisiera saberlo. Obviamente, al asumir esos riesgos no buscaba tanto alcanzar la fama como acelerar el advenimiento del destino que le estaba reservado y del cual la eventual celebridad sería solo una consecuencia secundaria.

Los esfuerzos fueron vanos: como sabemos, su hora nunca llegó.

Pierre Ménard logró (re)escribir los capítulos nueve y treinta y ocho del Quijote y una parte del capítulo veintidós. Aunque incompleta, esa obra es, a los ojos de Borges, «la más significativa de nuestro tiempo». *Yo*, por su parte, solo consiguió producir algunos pastiches de éxito local. Varios de sus antiguos compañeros recordarán tal vez, entre broma y broma, su ímpetu revolucionario y sus vehementes esfuerzos por repetir la Historia.

Fue así como, intentando llenar el vacío de las causas cuyos efectos, por el contrario, la saturaban, nuestra heroína recurrió a la técnica, «complejísima y de antemano fútil», del «anacronismo deliberado».

Saber sin saber

Con el paso de los años, los esfuerzos por reactivar el pasado cedieron lugar al deseo de pensarlo, interrogarlo. Ya que llenar los huecos de la experiencia era una empresa tan descabellada como retroceder o avanzar en el tiempo, *yo* comenzó a interesarse por otras dimensiones de ese vacío que la habitaba. Vacío del saber, vacío del decir.

El tío del que no se hablaba... Se podría pensar que en torno a él había algo así como un secreto. Se podría, si la madre no hubiera dicho expresamente que en esta familia no hay secretos, porque no es bueno para los niños; *es por eso que todo te lo he dicho, todo te lo he mostrado: la joven en prisión con su pareja, su amigo desaparecido y lo demás.*

Es cierto que el asunto del tío había sido objeto de algunos relatos. *Yo* siempre supo que ese antiguo militante de izquierda, quebrado bajo tortura, había traicionado a su propio hermano y su cuñada, más tarde los padres de *yo*. Ella siempre lo supo, pero tú, lector, no lo sabías aún. Ahora que estamos en confianza, es momento de que te enteres.

La cita, una tarde de enero, en una esquina del barrio Pila del Ganso en Santiago, cuando la represión se volvía a la vez más feroz y más selectiva. La cuñada que acude, puntual e ingenuamente, al lugar indicado. El traidor que, estrechando la trampa, le dice que necesita ubicar con urgencia al compañero «V», miembro importante de la resistencia, muy codiciado por los militares. La joven, aún demasiado confiada, que le dice *está aquí, a unos pocos metros en esta misma calle; junto con tu hermano, por cierto, pues no querían que acudiera sola a esta cita.* La agitación repentina. Los militares que salen de todas partes. El traidor que grita *¡no a mi hermano, no a mi hermano!* Los agentes que, sin escuchar sus súplicas, se abalanzan sobre el hermano, sobre la cuñada y sobre «V» por supuesto, los introducen en una furgoneta y los llevan a un centro de torturas clandestino...

Todo eso, *yo* no solo lo había comprendido, sino que se lo había representado con una nitidez alucinante. Lo que durante mucho tiempo fue menos claro —no porque la madre hubiera ocultado algo, lejos de ella tal idea, sino porque probablemente la memoria de la hija falló en ese punto— fue lo que el tío había hecho después. La traición de todos sus compañeros, que provocó la desintegración del Partido Comunista. La participación en sus interrogatorios, corroborando las declaraciones. La tortura misma —se decía, pero él lo negaba—. Su implicación —se sabía y él terminó por reconocerlo— en el asesinato de tres intelectuales militantes. Y luego, durante la transición democrática, su condena a cadena perpetua por crímenes de lesa humanidad en una prisión de lujo donde se encontraban los pocos torturadores de Chile que fueron procesados y juzgados. Esa parte de la historia, *yo* no la asimiló sino más tarde, ya que durante años había sabido sin saber o sin tener plena conciencia de un horror que solo el silencio del padre permitía dimensionar.

Poco a poco, el espacio hermético que ese silencio sellaba comenzó a ejercer sobre ella una fascinación extraña, incomprensible para sí misma. *El tío del que no se hablaba*, su vida, sus actos, sus móviles, sus razones: pensaba en eso con frecuencia, deseosa de saber más, de comprender —como siempre, de comprender—.

Durante mucho tiempo giró en torno a ese hoyo negro, un astro muerto cuya fuerza de atracción se volvió irresistible.

El secreto...

Su curiosidad malsana se vio reforzada cuando, a través de videos y textos relativos al «caso» en el que el tío estaba implicado, descubrió que se trataba de un episodio ineludible, e incluso decisivo, no solo en la historia de su familia sino en toda la Historia de la dictadura chilena. Muchas cosas cambiaron en 1985, tras el «caso degollados» —designación que revela el modo en que fueron eliminados los tres militantes—, empezando por la renuncia de César Mendoza. Miembro de la Junta Militar, Mendoza era el comandante en jefe de Carabineros, hasta el cual condujo la larga cadena de responsables directos e indirectos de ese crimen tan atroz que cualquier chileno medianamente politizado aún lo recuerda. La memoria colectiva retuvo tanto los hechos como los actores, uno de los cuales tenía un apellido poco habitual en Chile: el mismo que *yo*... «Cuando uno escucha ese apellido, se le pone la piel de gallina», le dijo alguna vez una amiga. No era el tipo de celebridad que *yo* había imaginado en sus fantasías de guerrillera. Por el contrario, esa fama heredada la avergonzaba. En cierto modo, y a través de ignotos mecanismos, la hacía sentir culpable.

Paréntesis. Mendoza fue reemplazado por un general igualmente despótico cuyo nombre era Rodolfo Stange. No hay muchos Stange en Chile: era primo del abuelo materno de *yo*. Diablos. Tenían el mismo apellido, y ese también ponía la carne de gallina. Apellido del padre, apellido de la madre: atrapada por ambos lados. En suma, se trataba del pariente lejano de alto rango, aquel general golpista que, según algunas versiones, había intervenido diez años antes para conseguir la liberación de Romeo y Julieta. Tras su nombramiento, fue a su vez procesado y llamado a dimitir (a lo cual se negó) por ocultar informaciones sobre un crimen muy representativo en Chile...: el caso degollados. El círculo se cierra, así como el paréntesis.

Con los ojos bien abiertos, febrilmente devoró los reportajes y documentales que, de una u otra manera, se referían a tales asuntos y en particular al tío en cuestión. Leyó libros y periódicos antiguos y recientes, novelas que evocaban a ese hombre enigmático, obras de teatro donde se lo personificaba. Y los textos que circulaban en Internet, los textos a los que conducían esos textos, los textos a los que conducían los textos a los que conducían esos textos: vértigo del hipertexto, del cibertexto. Navegadora obstinada de Internet. Clic: los hechos. Clic: las fechas. Clic: los lugares. Clic: los nombres. Clic, clic, clic en días que pasaban volando, clic en noches de insomnio. Testimonios. *Yo vi, yo escuché, yo hice; él vio, él escuchó, él hizo; alguien dijo que él había visto, escuchado, hecho; alguien dijo que alguien había dicho que él había visto, escuchado, hecho*: vértigo también de las referencias entrecruzadas, vértigo de un relato que se expandía hasta el infinito.

Apuntarlo todo en hojas de papel dispersas por la habitación, acumuladas en la mesa, dispuestas sobre la cama, colgadas en las paredes. Hacer un cronograma de los acontecimientos, una cartografía de los lugares, un diagrama de los nombres. Reunir las piezas de un rompecabezas que le llevaría años armar. Clic. Clic.

Y entonces, realmente, se convirtió en la fisgona que nadie querría tener en su entorno.

Ahora, lector, llegamos al terreno de lo indecidible: te tocará a ti sopesar y juzgar imaginando, aquí y más adelante, lo que habrías hecho si *tú* fueras *yo*, o si *yo* fuera *tú*.

Un día, después haberse preparado mentalmente durante meses, nerviosa, temerosa, sin aliento, le anunció al padre que le gustaría ir a esa cárcel de lujo situada en algún pueblo de Chile, a visitar al tío.

Para mí es importante hacerlo, porque quiero saber, entender. Pero si para ti es muy importante que no lo haga, entonces no lo haré.

El padre miró a lo lejos. Sus ojos, ensombrecidos, se perdieron en el horizonte, reflejando todos los paisajes. Algo se derrumbó en él: *yo* lo llevaba de vuelta al infierno. Perdón... Durante dos días, nadie en la casa quería dirigirle la palabra a esa fisgona. La madre estaba descompuesta —no tanto como el padre—. Pronto cayó el veredicto. Simple, claro, directo, a la manera de Bartleby en el cuento de Melville: «*I would prefer not to*».

Entonces, sí, podía considerarse que en torno a esa historia había, encapsulado, un secreto. O algo de ese orden: favor de no hablar, favor de no inquirir. Secreto del secreto, revelado por antífrasis: «Aquí no hay secretos».

... a voces

Encapsulado, un secreto... ¿De verdad? Un secreto, en todo caso, que circulaba en los periódicos, las redes sociales, las películas, los programas televisivos y del que todo el mundo hablaba —menos nosotros—. Un secreto a voces.

En el documental *Calle Santa Fe*, de Carmen Castillo —compañera de Miguel Enríquez, dirigente del Movimiento de Izquierda Revolucionaria, MIR, muerto en combate—, una escena de dos o tres minutos muestra a una mujer abriéndose camino con dificultad entre los militares que le impiden llegar a la plaza adonde se dirige para depositar claveles rojos en homenaje a su marido asesinado. Esa secuencia fílmica no forma parte de la historia que cuenta Carmen. Datando de la dictadura, sirve para ilustrar el contexto de la época y la magnitud de la violencia. Es un emblema. Acompañada por sus dos hijos, la mujer lleva una fotografía entre sus manos. A pesar de los militares, desconcertados por su firmeza y coraje, consigue colocar sobre el césped los claveles y la fotografía. En ella aparecen tres rostros. Son los degollados. Y la mujer es la viuda de uno de ellos.

Yo había visto hacía mucho tiempo esa película, pero solo más tarde fue capaz de interpretar la escena. Extraña sensación, como si, de alguna manera, cuarenta años después de los acontecimientos y al otro lado del mundo, estuviera implicada en todo aquello.

Entre los libros que, en el curso de sus investigaciones, hizo traer en cajas desde Chile se encontraba *La dimensión desconocida*, de Nona Fernández. En esa novela, la autora le escribe una carta imaginaria al «hombre que torturaba», como ella lo llama. *Yo* inquiere al respecto, escrutando los documentos que llegaron en la misma caja.

A fines de 1984, ese torturador arrepentido consiguió entrevistarse con Mónica González, periodista cercana al Partido Comunista, para entregarle toda la información que poseía sobre los crímenes cometidos por el grupo represivo del que formaba parte, el Comando Conjunto, cuya existencia hasta entonces se desconocía. «Yo torturé —le dijo—. Ya no soporto el olor a muerto». El hombre sabe que probablemente morirá también; de cualquier modo, carcomido por el remordimiento, no quiere vivir más: solo espera ser ejecutado por sus superiores cuando descubran su traición. La periodista graba la confesión, tomando notas. Hace preguntas y escucha las respuestas al borde de las lágrimas, porque el relato del horror se refiere a personas asesinadas o desaparecidas entre las que se encuentran varios de sus propios compañeros. «El hombre que torturaba» habla, habla, habla durante horas de sus pares, sus superiores, los presos, las víctimas, los sobrevivientes, un antiguo militante que se convirtió en colaborador y cuyo hermano y cuñada fueron detenidos —mmmh, me suena familiar...—. Su interlocutora sigue escuchando. No puede creerlo.

La periodista se comunica con los responsables de la Vicaría de la Solidaridad, quienes toman la decisión de proteger al torturador arrepentido, testigo valiosísimo, inaudito, el único en la historia de la dictadura que confesó voluntariamente todo lo que sabía. Logran sacarlo de Chile. A partir de los datos recabados, ciertos militantes comienzan a investigar con la esperanza de encontrar cadáveres y conocer las estrategias del adversario para organizarse mejor.

Entretanto, la periodista redacta un artículo que debe ser publicado solo más tarde, cuando los compañeros a cargo de la investigación estén a salvo. Pero, por descuido de un mensajero cuya misión era sacar el manuscrito del país para resguardarlo y, únicamente llegado el momento, transmitirlo a los medios de comunicación pertinentes, el artículo se publica antes de tiempo. No en Chile, sino en Venezuela. Poco importa. Los integrantes del comando ultrasecreto al que pertenecía el desertor se preguntan quiénes, dentro de la resistencia, podrán estar explotando esa información. Los agentes se movilizan. Están tras la pista de los militantes. Detienen a sus compañeros cercanos, los torturan, los interrogan. La soga se va apretando. Finalmente, dan con dos profesores y un artista gráfico que fabricaba documentos falsos para los resistentes. Al otro día, sus cuerpos son encontrados en las afueras de la ciudad. Son los degollados.

Nona Fernández se interesa por el hombre que torturaba. Otros escritores o investigadores se ocupan de los militantes cercanos a las víctimas o a la periodista. Otros aún se centran en los agentes del comando.

Yo se interesa por todos. Lo que busca, lo que quiere saber, ella misma lo desconoce. Pero se interesa por todos.

Entrevistar al hombre que torturaba. Entrevistar a la periodista. Entrevistar a los compañeros cercanos a las víctimas (uno de ellos, exiliado en Francia). ¿Entrevistar a los agentes del comando...? *I don't think so...*

En *Memorias prematuras*, novela llegada en alguna otra caja, Rafael Gumucio, niño terrible que escribía para vengarse de sus demonios y de sus padres, recuerda la escuela donde estos lo inscribieron a su regreso del exilio, aún en dictadura. Era el Colegio Latinoamericano de Integración, una escuela para hijos de exiliados políticos. Ahí se escuchaban canciones de la resistencia, se hablaba de Marx, se hacía deporte. Rafael ganó un solo torneo de ping pong, dice. Su adversario era Manuel, un inspector del colegio acechado por la CNI. Un día, carabineros vestidos de civil detuvieron a Manuel frente a la puerta del Colegio. Lalo, uno de los profesores, trató de defenderlo, dice, pero le dispararon. También secuestraron a José Manuel Parada, un padre de familia. Al cabo de unas semanas, «sus cadáveres descabezados», dice, aparecieron en un terreno de Quilicura.

Manuel es uno de los degollados. José Manuel Parada es otro.

Entrevistar a Lalo, que sobrevivió al disparo —por otras fuentes sabremos que no se llamaba Lalo sino Leo: Leopoldo. Da igual: entrevistarlo también—. Ir al Colegio Latinoamericano de Integración.

A través de una página web pirata, *yo* logró acceder a un documental realizado por un tal Sebastián Moreno. La película cuenta la historia de alguien que, siendo adolescente en la época de la dictadura, se convirtió en líder estudiantil y luego en portavoz de la resistencia. Acompañado por la cámara, el hombre —ya adulto, sociólogo en una universidad de Chile— recorre los países donde él y su familia vivieron el exilio, y recuerda los acontecimientos clave de su juventud, incluido el asesinato de su padre cuando él tenía catorce años.

Es el hijo de uno de los degollados: Manuel. Manuel Guerrero es el nombre del padre. Manuel Guerrero es el nombre del hijo. *Guerrero* es el título de la película.

—Entrevistar a Guerrero hijo.

—¿Entrevistar a Guerrero hijo? ¿Estás bromeando? ¿Con el apellido que tienes? ¿Vas a presentarte así como así, diciendo «hola, soy fulana, sobrina de mengano, el asesino de tu padre, y quiero entrevistarte»?

—También podría decir que soy hija de zutano, lo cual sería más justo y menos chocante.

—Sin embargo, no dejas de ser la «sobrina de»; mucho más «hija de» que «sobrina de», por suerte, pero el apellido sigue siendo el mismo. En los rasgos de tu rostro, tu interlocutor inevitablemente intentaría reconocer los de tu tío, buscando quizás atisbar en tus ojos la última mirada que le dirigió a su padre.

Verdad, verdades, mentiras

En la misma caja donde llegó la novela de Rafael, venía también un libro de la periodista Nancy Guzmán. *Yo* lo esperaba con impaciencia, y lo leyó en una sola noche. Se trataba de una investigación en torno a un miembro del Partido Comunista cuyas delaciones condujeron a la detención, la tortura y el asesinato de innumerables militantes durante la dictadura de Pinochet. El libro intentaba hacer un retrato de ese hombre, así como de sus familiares más cercanos: personas comprometidas con la izquierda y pertenecientes a la burguesía. El padre, un reconocido psiquiatra, poco presente en el hogar pero dispuesto a darlo todo por su hijo mayor; la madre, una mujer «liberada» (o libertina) que terminó por abandonar a su familia; la hermana, una chica dependiente e inmadura; el hermano menor, un muchacho obnubilado y opacado por el mayor; la cuñada, una joven y bella mujer codiciada por los hombres. El personaje central es descrito como un niño mimado, narcisista, misógino −a causa de un conflicto no resuelto con la figura materna, añade la periodista con pretensiones de psicóloga−, ambicioso, retorcido, ávido de poder, vanidoso. Una escoria, en definitiva, cuyo funcionamiento psíquico y personalidad lo predispusieron al crimen, de modo que habría delatado a sus compañeros, voluntariamente y sin la más mínima coerción, por el solo placer perverso de convertirse en torturador. Así se enfangó en la traición, considerada por la periodista, con toda «objetividad», como «la más abyecta de las miserias humanas».

Título del libro: *El Fanta: historia de una traición. El Fanta* es un alias −como los que llevaban todos los militantes de esa época para proteger su identidad− proveniente de «Fantomas», personaje de ficción de la Belle Époque, «maestro del crimen» famoso en América Latina al igual que en Francia. Es el alias del *tío del que no se hablaba.* Su familia es la familia de *yo*: el padre de él es el abuelo de ella; la madre de él, su abuela; la hermana de él, su tía; el hermano de él, su padre; la cuñada de él, su madre. Ninguna de esas personas, al menos las que seguían vivas, fue invitada a dar su versión de los hechos en esa investigación periodística cuyo argumento está sesgado y cuyos datos distorsionados. Incluso algunos detalles sin importancia, pero que habría sido fácil corroborar gracias a una rápida búsqueda en Internet, fueron falseados para construir un relato que correspondiera al gusto de las masas. La «rubia cabellera» de la cuñada, por ejemplo, no llegaba siquiera a castaña porque era negra como el ébano, más cercana a la de Blancanieves que a la de Cenicienta.

Curiosa experiencia la de leer su propia historia familiar de ese modo expuesta, reinventada en términos maniqueos para asegurar las ventas. ¡Al público en general le encantan las novelas baratas! Por cierto, ese libro era el tercero de una serie dedicada a lo que la autora llamaba los «monstruos» de la dictadura chilena.

—¿Entrevistar a Nancy Guzmán?

—Ni lo pienses. No es una fisgona; es una chismosa.

—¿Entrevistar a la familia del traidor, nuestra propia familia?

—Difícil. Fuera de lo que sabemos, es un asunto «del que no se habla», y los silencios al respecto son bastante elocuentes.

—¿Entrevistar al Fanta?

—«*I would prefer not to*»...

En todo caso, estaba claro que había que acercarse a las fuentes directas tanto como fuera posible. De clic en clic, *yo* encontró un video difundido por un canal de televisión sudamericano: una entrevista con un individuo que la voz en *off* presentaba como uno de los torturadores más temidos de la dictadura chilena.

Sereno, mirando a los ojos al entrevistador, El Fanta se explica con inteligencia y frialdad.

—Nunca participé en la tortura.

—¿Pero en la denuncia, en el asesinato...? —pregunta su interlocutor.

—Sí, participé.

—¿Lo disfrutaste?

—No, en absoluto. La sensación que retuve es la del horror. Lo que hice no fue de modo voluntario. No me entregué por iniciativa propia a los servicios de inteligencia para proponerles colaborar con ellos. Fui secuestrado junto con otros militantes, y hasta ese día traté de proteger a mis compañeros. Después de mi detención les envié un mensaje advirtiéndoles que por ningún motivo se juntaran conmigo, porque yo ya había caído. Por desgracia mi hermano y mi cuñada acuden a la cita. Entonces, y solo entonces, consideré la posibilidad de colaborar... a cambio de su liberación...

¡¿Qué?! *Yo* no puede creer lo que está escuchando. Mira la entrevista una y otra vez. Toma notas, las lee y las relee para estar segura de haber entendido bien.

—¿El Fanta, *el tío del que no se hablaba*, víctima sacrificial? ¿Militante convertido en colaborador para salvar a su hermano y a su cuñada? ¿Héroe trágico? No es posible: miente. De hecho, sus numerosos testimonios frente a la justicia desde el caso degollados están llenos de contradicciones y han ido cambiando con el tiempo, en función de las circunstancias y los beneficios que creía poder obtener a través de ellos.

—Sin embargo, hace unos años ese traidor fue reconocido oficialmente como víctima de la dictadura: su nombre apareció, junto con el de su hermano y su cuñada, en la lista de la Comisión Valech, encargada de la investigación. Desde entonces, aun estando condenado a cadena perpetua por crímenes de lesa humanidad, recibe la indemnización que el Estado otorga a las víctimas y a sus familiares.

—Bueno, sí, pero se sabe que hubo chanchullos: la comisión hizo trampa, estaba comprometida. Mucha gente protestó, denunciando esa aberración. Hasta se publicaron artículos al respecto. Los antiguos compañeros del traidor se escandalizaron. Sin llegar a la hipótesis del «monstruo», está claro que es un verdugo que se hace pasar por víctima, un manipulador.

El quiebre

Una tarde de verano, en la última caja traída del fin del mundo, llegó un documento casi imposible de conseguir: la fotocopia de un libro publicado en los años 90 que nunca se reeditó y que parecía haber desaparecido de la faz de la tierra. Sospechosa desaparición, dado que el título anunciaba revelaciones importantes: *Los secretos del Comando Conjunto*. Durante meses, o años, *yo* había tratado de encontrarlo en los sitios web de las librerías chilenas, pero las pocas que lo incluían en su catálogo indicaban siempre lo mismo: «agotado». Mientras más se prolongaba la búsqueda, más imperioso se volvía el deseo de leerlo, hasta transformarse en una necesidad. Algo fundamental debía contener. Yo lo presentía, lo sabía. Cada vez que algún amigo, planeando viajar de Chile a Francia, le preguntaba *¿qué quieres que te lleve?*, ella respondía sin pensarlo dos veces: el libro. Pero ni siquiera en las librerías alternativas, piratas o simplemente especializadas en obras raras había algún rastro de él. Hasta que Josefina, una amiga chilena que había conocido en Francia, le propuso un trueque: tú corriges mi tesis de doctorado y yo muevo cielo, mar y tierra para conseguir lo que buscas. Trato hecho. Fue un trabajo arduo, si bien no exento de interés, al que *yo* se dedicó a tiempo completo durante dos meses y medio. Entonces Josefina tomó contacto con el amigo de la amiga de una amiga. En el sótano de una biblioteca perdida en las afueras de Santiago alguien encontró el libro, lleno de polvo, y lo fotocopió a escondidas para luego enviarlo, junto con otros papeles de menor importancia, a su feliz destinataria.

Fue así como *una tarde de verano, dentro de la última caja traída del fin del mundo*, el libro llegó. La emoción fue tal que *yo* tuvo que esperar dos días antes de empezar a leerlo.

La autora era Mónica González, aquella periodista que siete años antes de publicar esa obra había entrevistado al torturador arrepentido. A partir de las informaciones que él le había proporcionado, profundizaba en los detalles el Comando Conjunto: sus métodos, su *modus operandi*, su papel en la represión. También reconstituía la historia de sus miembros y el destino de sus víctimas. «El Fanta», capítulo ineludible. Sin pretensiones de juez ni de psicóloga, la periodista explicaba las razones fácticas de su traición.

Al día siguiente de su detención, ese comprometido militante –confirmaba Mónica González– envió un mensaje a sus compañeros para que nadie, por ningún motivo, se reuniera con él. Confiando en que ese mensaje había sido transmitido y escuchado, aceptó participar en la trampa que sus captores urdieron. El plan era llegar al compañero «V» a través de su amiga íntima, la cuñada del «traidor» que, en ese momento, todavía no lo era. La cita fue concertada, pero, según lo previsto gracias al mensaje enviado, nadie debía acudir. Sin embargo, la cuñada llegó, seguida a pocos metros por su novio y el compañero «V». Dadas las circunstancias, concluía la periodista, el «traidor» había decidido convertirse en tal para salvar la vida de sus familiares.

Obviamente, Nancy Guzmán, la otra periodista, no citaba ese libro entre sus fuentes y no mencionaba esa versión de los hechos, aunque solo fuera para refutarla. Es comprensible, ya que un relato como este se vende menos bien.

–Entrevistar a la persona que supuestamente recibió y transmitió (¿transmitió realmente?) el mensaje del traidor.

–Buena idea.

–Entrevistar al torturador arrepentido.

–Ya está apuntado.

–Entrevistar, sobre todo y con suma urgencia, a Mónica González.

–De acuerdo.

–Con suma urgencia, sí, toma nota, porque hay que decirle que se equivoca.

–Sin embargo, la investigación parece seria y la periodista también. Su posición es incuestionable; su ética, irreprochable. Incluso dentro de algún tiempo obtendrá el Premio Nacional de Periodismo en Chile.

–No importa. Se equivoca. No sabemos en qué punto exactamente, pero se equivoca. Hay que encontrar un error, una falla en el razonamiento, cualquiera que sea, para desmontar esta versión que confirma descaradamente la del traidor. Porque no es la versión que la Historia retuvo, no es la que conviene a sus antiguos compañeros ni a la sociedad en su conjunto, no es el tipo de relatos a los que uno puede aferrarse para escribir una novela exitosa, para odiar tranquilamente a «los malos», poniéndolos a distancia.

–No obstante, interpretada bajo esta nueva luz, la causalidad de los hechos es tan plausible como la del relato anterior.

–Entiéndelo de una vez por todas: ¡*yo* no quiere saber de esta versión! La pone en una posición extremadamente incómoda, quiebra todas sus certezas. ¿A qué o a quién le deberían sus padres la vida? ¿De qué sería *yo* misma el fruto? Existir a pesar de la traición puede ser; gracias a la traición es terrible. Hija legítima o bastarda de la Historia son cosas muy distintas. Que el general-golpista-de-alto-rango se haya servido de sus influencias para salvar a Romeo y Julieta puede ser. Su intervención no habría perjudicado a nadie. Pero que el antiguo militante se haya dado vuelta a cambio de su liberación. es insoportable, insoportable. Esa traición provocó innumerables detenciones, torturas, desapariciones. No se puede cargar con eso, no se puede vivir ni sobrevivir con eso. Además, el asesinato en el que participó diez años más tarde –de forma voluntaria, es indiscutible, porque ninguna obligación pesaba entonces sobre él– nada tiene que ver con ese supuesto intercambio. Por lo tanto, es un criminal y punto.

–Pero lo uno no impide lo otro: víctima y victimario pueden converger en la misma persona. No nos corresponde a nosotras juzgar.

Podemos, sí –debemos, incluso–, tomar posición, pero no ciegamente. Dijimos que queríamos saberlo todo, mirar de frente la verdad.

«Verdad», «verdades», «hechos alternativos», «conjeturas», «mentiras»... Difícil encontrar el camino. El Fanta, Fantomas, fantasma: imposible aprehenderlo, comprenderlo.

Recapitulemos. En torno a ese personaje casi legendario, figura emblemática de la traición y la tortura en Chile, se ha desplegado un abanico de historias, transmitidas de boca en boca o registradas en libros, artículos periodísticos, películas documentales y hasta en una obra de teatro y una serie de televisión inspiradas en él. Se trata de una gama que va *crescendo* de la inocencia a la culpabilidad más radical: habiendo intentado proteger a sus compañeros a través de un mensaje que se perdió en el camino, habría terminado vendiendo su alma al diablo a cambio de la liberación de sus familiares; quebrado bajo tortura, habría empezado a colaborar con los verdugos, tendiéndole una trampa a su hermano y a su cuñada; tras su detención y exento de cualquier apremio, habría cambiado voluntariamente de bando; habría sido un agente doble reclutado por los militares mucho antes del golpe; habría sido un agente doble del Partido Comunista; habría torturado él mismo a su hermano; habría sido un psicópata; habría sido un monstruo... Todos los roles le han sido atribuidos: figura sacrificial, víctima de víctimas, víctima-victimario, chivo expiatorio, manipulador perverso, malvado nato. Si se quiere encontrar la moraleja de la fábula, cada posición induce una visión diferente del bien y del mal: el sacrificio voluntario de Prometeo, la traición de Judas, el asesinato de Abel por Caín, la caída de Satán...

¿Qué pensar? ¿Qué lección sacar de esta tragedia? ¿Qué creer? ¿Qué hacer? ¿Entrevistar al Fanta? ¡«*I would prefer not to*»!

A fin de cuentas, hay vacíos que es mejor no llenar, concluye *yo*, cobardemente. Cerrar los ojos un instante para no ver, como si nada supiera. No es mi historia, no me concierne.

La verdad es escurridiza; intentamos alcanzarla, pero se nos escapa. Saber, no saber, no querer-saber; creer, no querer-creer, no poder-creer; querer-no-saber, querer-no-creer: todo tiene un costo, y nuestros recursos son limitados; tenemos más deudas que bienes. Búsqueda inútil, gasto inútil.

Y, suponiendo que hayamos vaciado nuestras maletas; que hayamos desprendido de nuestra piel las reminiscencias de una memoria en retirada; que hayamos hecho el inventario de todas ellas; que hayamos investigado, deseando saber y comprender tanto como es posible; que hayamos desvelado un secreto que no es tal, se plantearía inevitablemente la cuestión del decir:

¿Qué?

¿A quién?

¿Para qué?

¿Con qué derecho?

¿Con qué palabras...?

De cualquier modo, nada tengo que decir.

–O casi nada–.

Segunda parte

El retorno

Pasado el tren de la Historia, no solo nada quedaba por vivir, sino
además nada por decir *–o casi nada–*. En silencio, escuchábamos los
relatos de otros. Y, si acaso tomábamos la palabra, a nuestro pesar
repetíamos sus frases. Sus consignas, sus eslóganes, sus cánticos,
fieles aún al «anacronismo deliberado». Cuando creíamos haber
encontrado una nueva fórmula, enseguida nos percatábamos de que
no era sino una variante de otra ya pronunciada. Como los inmortales,
vivíamos entre puros ecos. No éramos inmortales, solo demasiado
viejos. O nacidos demasiado tarde, que es más o menos lo mismo.

El lenguaje estaba desgastado. Cada uno en su rol había agotado
las posibilidades de su registro: los héroes, los tiranos, los actores
secundarios. El coro también había recitado su parte. Todo lo
escuchamos, todo lo vimos como espectadores o voyeristas. Y todo
lo incorporamos.

Fui una hormiga:
caminé por los pasillos de una prisión,
entré en cada celda,
me detuve junto a la mujer que gritaba,
junto al hombre que ya no podía más,
subí por sus pies descalzos,
por su pantalón hecho jirones
y en uno de sus bolsillos
esperé a que llegara el amanecer.

Me transformé en una niña de siete años,
con ganas de saberlo todo.
En una playa corrí hasta el mar y
me lancé: podía respirar bajo el agua. [...].

Volví a 1985, le pregunté «dónde están»,
le pedí que no se fuera,
que no se fuera sin decirme,
pero no podía escucharme.

Me transformé en extranjero,
paseando por las calles
de una antigua Atenas. [...].
Fui después polilla
y me inceneré en la vela de un joven estudioso. [...].

Volví a ser yo,
junto al lecho de muerte de mi padre,
en el momento en que quedábamos solos,
y él me decía, primero sin mirarme
y luego aterrado,
fijándose en mí:
«Pregúntame lo que quieras.
Lo que quieras saber».

Me llamo María.
Me llamo Cobarde, aún.
Me llamo Violeta.
Me llamo Ceniza, el de los viajes nocturnos.
Me llamo Reparación.
Me llamo Todos, me llamo Nadie[11].

Habiendo sido *todos* –y por tanto, *nadie*–, habríamos podido pronunciar, palabra por palabra, el último discurso de Allende: *he sido Allende.* Cantar en la cárcel la canción de los resistentes: *he sido los resistentes.* Rezar la plegaria del condenado frente al pelotón de fusilamiento: *he sido el condenado.* Repetir las injurias del verdugo en la cámara de tortura: *he sido el verdugo.* El lamento de la madre por su hijo desaparecido: *he sido la madre.* El poema del compañero al oído de su amigo: *he sido el compañero.* Habríamos podido. Lo intentamos –o no–. Porque, a estas alturas, no quedaban ya recuerdos sino palabras. «Palabras, palabras desplazadas y mutiladas, palabras ajenas, esa fue la pobre limosna que dejaron las horas y los siglos»[12] para los inmortales, o para los rezagados.

Humildemente, recogimos esa limosna. Las palabras amputadas, los retazos de palabras, los metimos en una bolsa. Los revolvimos, como las piezas de un juego. Extrayéndolos al azar, hicimos hablar al *verdugo condenado*; a la *madre resistente*; a *Allende madre*; al *compañero verdugo*. Rompimos la sintaxis de las canciones, leímos las consignas al revés. Nos reímos. En la página amarillenta de un viejo cuaderno, dibujamos un tren. Lo pusimos en marcha. Y emprendimos el retorno.

---

[11] Poema colectivo, escrito por los miembros del colectivo *Historias Desobedientes. Familiares de genocidas por la memoria, la verdad y la justicia*, en el marco del taller literario que coordiné de 2020 a 2021. *Desobediencia De Vida*, Buenos Aires, Chirimbote, 2022, pp. 16-18.

[12] Jorge Luis Borges, «El inmortal», *El Aleph* (1962).

¿Qué pasó aquí?

¿Dónde estábamos...? En la habitación. Ahí la dejamos, entre las hojas llenas de apuntes, diagramas y cronogramas, desconcertada, estupefacta, sin saber qué creer, qué pensar ni qué lección sacar de esta tragedia. Había intentado desvelar un secreto a voces: un secreto de familia que era también el secreto de un país. Supuso que sería relativamente simple. Pero, de clic en clic y de libro en libro, la profusión de relatos parciales, testimonios y versiones contradictorias, verdades posibles e insospechadas cuyas implicaciones se extendían a su propia existencia, terminó por descomponerla. En eso estábamos.

El arriba y el abajo, la izquierda y la derecha, el blanco y el negro, se mezclaron en una masa grisácea y amorfa. Todo daba vueltas. La mareó la Historia como marea el mar. Vértigo. Náuseas. Cerrar los ojos; por favor, cerrar los ojos un instante aún. Es más fácil ignorar lo que no se ve. En eso estábamos. No es mi historia, no me concierne, pensó. En realidad, pensó muchas cosas antes de poder decir: empresa más compleja que mudarse al otro lado del mundo. Decir... *¿Qué? ¿A quién? ¿Para qué? ¿Con qué derecho? ¿Con qué palabras?...* Sospechaba que las respuestas vendrían por sí solas, una vez que el discurso estuviera en marcha, y no al revés.

Para empezar, se ejercitó con sus amigos íntimos durante reuniones festivas de fin de semana. Pr-pr-pri-siii-ón... To-tor-tu-tu-ra... Vi-vio-la-la-ciii-ón... E-xi-e-xi-li-io po-po-lí-ti-ti-ti-cco... Cr-cr-crí-m-me-nes de le-le-sss-sa hu-hu-ma-n-ni-ddad... Tra-trai-ci-iii-ón... A-a-sess-si-naa-to... Sílaba a sílaba y letra a letra, las palabras salían de su boca con suma dificultad. Rebeldes, tomaban su propia iniciativa. Cuando las buscaba corrían a esconderse, haciéndole perder el hilo del discurso. De modo que, a mitad de la conversación, a veces se veía obligada a detenerse: «Perdón, me distraje. ¿Qué estaba diciendo?». Y, cuando ya no las buscaba, acudían urgidas, aglutinándose y exigiendo ser pronunciadas todas al mismo tiempo: tortuviolprisexilcrimdelesahumanitraiciasesinato. Tuvo que pedirles que se acercaran de a poco, que hicieran cola, esperando su turno para ser expulsadas una por una.

Con el tiempo, fue domando esas palabras salvajes. Entre bloqueos y logorreas incontenibles, omisiones involuntarias y repeticiones obsesivas, huecos muy profundos y protuberancias muy prominentes, el relato comenzó a tomar forma. Pero le costaba creerlo, como si se tratara de un sueño. No era sino un relato en potencia, un esbozo de relato. Poblado de figuras y personajes fantasmagóricos, escenas y lugares idealizados, carecía de consistencia. Entonces concluyó que, para darle un anclaje, era indispensable pasar a la etapa siguiente: el trabajo de campo.

«Bienvenida a tu país»

No era la primera vez que iba (o «volvía») a Chile: a los nueves años había sido enviada por sus padres para visitar a sus abuelas y su abuelo materno; sobre todo a él, al que no conocía y que murió poco tiempo después. Fue hacia el final de la dictadura, cuando ni los padres ni el abuelo paterno estaban aún autorizados a volver. Ante la insistencia de las abuelas, decidieron dejarla ir sola, confiándola a las azafatas, que le colgaron al cuello una bolsita blanca para guardar sus documentos en la que figuraba con letras rojas la frase «menor sin acompañar». Tras un año de engorrosos trámites en la embajada, la madre había conseguido al fin obtener una visa para esa niña portadora de la semilla del comunismo.

Aunque, sentada en el asiento del avión, al momento del despegue un nudo en la garganta la hizo toser hasta derramar algunas lágrimas, deseaba ese viaje más que nada en el mundo. «¿Estás segura de que quieres ir?», le había preguntado su padre en la sala de espera, dispuesto a cancelar el viaje hasta el último momento en caso de una respuesta negativa. «¿Estás seguro de que quieres que vaya?», replicó ella. Sí, estábamos seguros. Volvemos a Chile: retorno por delegación.

Tres años después, cuando la dictadura había terminado, viajó nuevamente. Esta vez con su madre y su hermano, para una suerte de rencuentro familiar posexilio. Las tías y los primos de Suecia acudieron también. Esas personas que solo había visto en fotografías y con las que, durante la infancia, había correspondido a través de los globos y los dientes de león, estaban ahí, presentes, en carne y hueso.

Si durante la primera estadía su amor patriótico se vio reforzado, durante la segunda el apego se volvió visceral. «Yo me quedo. Haz lo que quieras, pero yo me quedo», le dijo a su madre antes de volver a México. Obviamente, a los pocos minutos se encontró en el avión, sumergida en un drama que todo el mundo interpretó como un gran berrinche de adolescente. Un drama tan egocéntrico que ni siquiera logró percibir la angustia de la madre ante el riesgo de ser detenida al salir del país. La democracia estaba de regreso, sí, pero los criminales, que vivían en la impunidad y seguían teniendo bastante poder, andaban ahora a la caza de los antiguos subversivos que testificaban contra ellos en los juicios en curso. Gracias al llamado telefónico de un compañero, la madre había sido advertida. Entonces acordó con sus hermanas que, si algo le pasaba, sus dos hijos partirían a México sin ella. El drama en ese caso habría sido terrible; un verdadero drama. Pero *yo* no se enteró de eso sino mucho más tarde.

En suma, no era la primera vez que iba, o volvía, a Chile. Pero ahora era distinto. Veinticinco años después de su primer viaje, este nuevo retorno adquiría otro sentido. Era su propio retorno. Con conocimiento de causa; con toda lucidez.

La maleta no era pesada. La había comprado de rebaja a la vuelta de la esquina, en la calle Strasbourg-Saint-Denis. No era azul, sino verde. Y pequeña, para poder llevarla en cabina. Solo contenía lo esencial. En el avión no escuchó las canciones de Víctor Jara, ni de Violeta Parra, ni de Quilapayún. Demasiado patetismo. Tuvo la intención de escribir un diario de viaje, pero se detuvo a medio camino. Demasiados pensamientos rondando en su cabeza. No pasó en revista los posibles escenarios. Demasiada incertidumbre. No hizo un programa preciso para la estadía. Demasiados acontecimientos al horizonte. Dejó que las imágenes fluyeran y las sensaciones la invadieran, sin intentar ponerlas en orden. Se quedó dormida. El descanso no fue apacible. Demasiados sueños.

Al cabo de varias horas apareció la cordillera de los Andes. Inmensa, majestuosa. Sublime, insoportable casi: demasiada belleza.

> *...Fueron los ríos, ríos arteriales:*
> *fueron las cordilleras en cuya onda raída*
> *el cóndor o la nieve parecían inmóviles:*
> *fue la humedad y la espesura, el trueno*
> *sin nombre todavía...*[13]

Solo entonces descubrió hasta qué punto estaba habitada. ¡Vengan a ver, todos! El abuelo fue el primero en acudir, presuroso: «Qué maravilla. Está intacta, tal como la recordaba». Luego los padres, con una emoción largamente reprimida; la tía de México, las tías de Suecia y sus hijos, asombrados. Los antiguos compañeros, dispersos por el mundo; y los detenidos desaparecidos, desde su no-lugar. Víctor Jara, el cantante de las manos quebradas. Y el compañero «V», con los ojos avispados y la misma sonrisa que en la fotografía de Internet. *Yo* recorrió el paisaje lentamente; decenas de ojos miraban a través de los suyos. La multitud se agitaba. Exclamaciones, gritos de alegría, sollozos. *Terminó el exilio, volvemos a casa.* Víctor Jara empezó a cantar *El derecho de vivir en paz.* El abuelo recitaba los versos de Pablo Neruda: «Fueron los ríos, ríos arteriales...». El compañero «V» brindaba con su copa medio llena o medio vacía.

El reflejo del sol sobre la nieve la deslumbró, obligándola a bajar los párpados. Demasiada claridad.

---

[13]   Pablo Neruda, «La lámpara de tierra», «Amor América (1400)», *Canto general* (1950).

Había deseado que nadie la fuera a buscar al aeropuerto. Josefina, su amiga, se había ofrecido para hacerlo. Pepe, otro amigo, cineasta que vivía en Valparaíso, también se lo había propuesto. Ella les dijo que *no, gracias, prefiero llegar sola. ¿Sola?* O acompañada únicamente por los actores de un ritual interior. Pero la hermana mayor de su madre, quien por cierto tenía el don de la adivinación, insistió tanto que fue imposible disuadirla. Ahí estaba pues la tía esperándola, sin saber si lograría reconocerla o no. Se reconocieron de inmediato. Se abrazaron. Entonces, clarividente como era, pronunció con perfecta justeza una frase que vino a sellar, entre todos los retornos que *yo* había asumido, el suyo propio: «Bienvenida a tu país».

«Yo pisaré las calles nuevamente...»

> *Yo pisaré las calles nuevamente*
> *de lo que fue Santiago ensangrentada*
> *y en una hermosa plaza liberada*
> *me detendré a llorar por los ausentes.*
>
> Pablo Milanés,
> *Yo pisaré las calles nuevamente*, 1976.

La salida del aeropuerto estaba en obras. Grúas, taladros, martillos neumáticos. Vehículos que se detenían unos segundos para descargar pasajeros, con prohibición de estacionar. El aire estaba denso por el polvo y la contaminación. La gente hablaba en español –desde luego, ¿en qué idioma querías que hablaran? ¿En francés?–. Reconoció el acento chileno, que tantas veces se había esforzado por imitar, deleitada por su entonación aguda, sus suaves y largas cadencias, las «s» aspiradas antes de las consonantes y al final de cada palabra.

Observa, escucha, absorbe sin filtro.

Permanece de pie junto a su tía. Qué suerte, a fin de cuentas, estar acompañada. Un primo desconocido pasa a buscarlas en una camioneta.

Luego, todo se vuelve difuso. Los días y los lugares se mezclan. Las diferentes estadías que desde entonces realizó se confunden, se convierten en una sola, extendida en el tiempo.

Se ve a sí misma recorrer las calles de Santiago. Calles extranjeras, extrañas a sus ojos, como las de todas las ciudades que uno descubre. Pero se trata de una extrañeza familiar. Es más bien esa familiaridad la que resulta extraña.

Desconoce la cartografía de los lugares; los percibe de manera fragmentaria, como en un vasto *collage* de imágenes dispuestas de modo aleatorio. Los reconoce, podría pensarse, gracias a los vagos recuerdos que guarda de sus primeros viajes. Pero el reconocimiento es más profundo: rebasa su propia experiencia. Todo aquello que no «conoce», lo «reconoce» no obstante.

Mientras recorre esos lugares evoca escenas y situaciones que no podría recordar porque son anteriores a su nacimiento. «Recuerda» –escucha, casi– la resonancia de precipitados pasos en los callejones; «recuerda» –ve, casi– el destello del sol sobre los cascos de los militares y el color caqui de sus uniformes en cada esquina; «recuerda» –siente, casi– el olor de la pólvora mezclada con la sangre fresca frente a una comisaría. Y la mirada esquiva de los transeúntes, desconfiados; el intercambio furtivo, frente a una tienda, de una contraseña o un paquete; el trazo apresurado de un grafiti en un muro, caída la noche.

En los torbellinos del río Mapocho entreví –o cree entrever– los rostros evanescentes de algunos desaparecidos. En la orilla percibe –o cree percibir– montones de cuerpos.

La inmensa cordillera, a lo lejos, le parece ser el testigo silencioso de una historia que está ahí, en su totalidad, ahora. Como un palimpsesto, con sus capas cronológicas superpuestas. El tiempo no existe para la cordillera; tres generaciones son apenas un copo de nieve en sus cimas. Esa cadena de montañas donde se pierde la vista, presente al horizonte desde siempre y en todas partes, recela una ambigüedad perturbadora. A su contacto envolvente, uno se siente a la vez protegido y acechado. Contención o claustrofobia.

Santiago, ciudad mía: me fascinas y me das miedo.

Ciudad de los más turbios siniestros provocados,
de la angustia nocturna que ordena hundirse al miedo
en los sótanos lívidos con ojos desvelados,
yo quisiera furiosa, pero impasiblemente
arrancarme de cuajo la voz, pero no puedo,
para pisarte toda tan silenciosamente
que la sangre tirada mordiera, sin protesta, mi llanto y mi pisada[14].

Santiago, ciudad mía, en silencio te recorro; entre temblores y palpitaciones, mi cuerpo te reconoce. «Yo pisaré las calles nuevamente de lo que fue Santiago ensangrentada», resuena en su cabeza la canción de Pabló Milanés.

Alameda, Ñuñoa, Larraín, Irarrázabal, Lastarria, Matucana, Vicuña Mackenna, Amunátegui. Le gusta pronunciar esas palabras. En su boca se vuelven el signo de una pertenencia. «Voy a Ñuñoa», dice y de pronto Ñuñoa le revela el enigma contenido en sus tres sílabas. Despuntando entre la lengua y el paladar, sus flores, esos ñuños de la Patagonia que dan nombre a la comuna, se abren, vibrantes, y su perfume amarillo se expande. Ñuñoa. Ñu-ño-a. La «ñ» le cosquillea en la nariz. O es quizás el polen de la primavera.

Se detiene un momento en la plaza, cansada por la caminata. «Y en una hermosa plaza liberada me detendré a llorar por los ausentes...», sigue cantando Pablo Milanés. Seguramente él no pensaba en esta plaza: rodeada de bares y restaurantes, es famosa por su vida nocturna. Buena cosa. Escoge un bar sin mucha gente y sin demasiada luz. En la mesa de al lado, un hombre de bigotes lee el periódico. Al fondo, en la penumbra, dos enamorados se besan.

«¿Qué le sirvo?», pregunta el mesero. Una copa de vino tinto. Carménère, cepa chilena de origen bordelés. Mira a su alrededor:

---

[14]   Rafael Alberti, «Capital de la Gloria. Madrid otoño», *Hora de España*, II (1937).

los coches, los transeúntes, las farolas que comienzan a encenderse. Levanta la copa: «A tu salud, compañero V».

Peregrinaje

Como era de esperarse, la estadía se transformó antes que nada en un peregrinaje para apaciguar la memoria: visitó y contempló todo aquello que debía, y podía aún, ser visitado o contemplado. La cordillera de los Andes, las calles de Santiago en otoño, el río terroso que atraviesa la ciudad. Listo, por ahí empezamos. Luego la casa en la comuna de La Reina, sin las buganvilias y sin la biblioteca. El puerto de Valparaíso, las casitas de colores colgando de las montañas, los murales, los barcos, el profundo lamento de las sirenas. Y la cabaña de San Alfonso –solo desde afuera, porque entretanto había sido vendida–. En el inventario de la memoria familiar no quedaba más que *el tío del que no se hablaba*. Pero ese, como sabemos, no era visitable, ni siquiera visible desde afuera.

En cuanto a los lugares de la memoria histórica, trató de dosificarlos. El día del patrimonio fue con Josefina al Estadio Nacional. *Yo* sabía. Sabía que, por ese recinto que se convirtió en uno de los más grandes centros de detención y tortura en Chile, habían pasado más de cuarenta mil presos. Sabía también que, en cada uno de los ocho pasillos que llevaban al terreno de fútbol, se agolpaban continuamente trescientas o cuatrocientas personas. Sabía que los detenidos se sentaban diariamente en las estradas a esperar a que fueran anunciados por altoparlante los nombres de aquellos que serían llevados al velódromo. Sabía que era ahí, en el velódromo, donde tenían lugar los interrogatorios y torturas. Lo sabía: lo había leído en los libros o lo había visto en películas documentales. Sabía también que ahí, en ese mismo estadio, el Papa Juan Pablo II, invitado por Pinochet, celebraría luego una pomposa misa para borrar la memoria y sellar la prescripción de olvido. Lo sabía, lo sabía, pero fue solo entonces, al escuchar el relato del compañero expreso político fungiendo como guía de los visitantes en aquella jornada del patrimonio, que ese saber abstracto se encarnó.

Hace frío. Un aire glacial atraviesa los pasillos y vestíbulos. Josefina despliega su pañuelo, que ambas comparten extendido sobre los hombros, apretándose una contra la otra. El compañero «D», que hace de guía, cuenta su historia. Su secuestro en el centro de la ciudad; su transporte en furgoneta, con los ojos vendados; la golpiza que le dieron a su llegada. El frío, como ahora. La humedad, como ahora. La respiración de Josefina se agita. Las personas, más de cien, encerradas aquí, en los vestidores de apenas unos cuantos metros. Josefina trata de contenerse. El miedo, la angustia, los gritos día y noche. El olor pestilencial de los baños. Josefina deja escapar algunas lágrimas.

Luego, la escotilla 8, desde la cual los presos podían percibir la avenida Grecia. Sus familiares acudían cotidianamente. Frente a las rejas de la entrada esperaban en vano, durante horas, alguna noticia de sus seres queridos. Josefina llora profusamente. En las paredes, los detenidos grabaron imágenes y mensajes. Un pergamino con una clave de sol, una mujer desnuda, nombres, una frase de la canción de los Beatles: *Don't let me down.*

Pasamos luego a las gradas, ahí donde cuarenta años antes hombres y mujeres recibían el llamado fatal. Mientras el compañero prosigue con el relato, *yo* recorre con sus dedos la madera áspera de los bancos; sus fisuras, sus accidentes, como si el tacto o la caricia pudieran despertar la memoria de la materia. Josefina le pide un pañuelo para sonarse.

Por último, siguiendo lo que fue bautizado como el «Camino de la memoria», en honor a todos aquellos que lo atravesaron en terribles condiciones, llegamos al velódromo. Esta parte de la visita no está aconsejada para los menores de quince años.

—Es aquí donde fui torturado, como tantos otros —dice el compañero—. Aquí, en estos baños conocidos como los «caracoles», porque el edificio donde se encuentran tiene forma de caracol. Tuve suerte; solo me sometieron a unos cuantos «submarinos», a la «parrilla» y a uno o dos simulacros de fusilamiento. Pero varios amigos míos fueron fusilados de verdad ahí, en los túneles que conducen al velódromo.

Dentro de los caracoles, contemplamos el espacio alrededor nuestro. Los azulejos están resquebrajados. El suelo y las paredes tienen manchas cafés. El lugar es siniestro; aunque se ignorara lo que ocurrió aquí, es siniestro. El silencio sería abismal si los sollozos de Josefina no lo interrumpieran de vez en cuando. Al término de la visita, Josefina se acerca al compañero, visiblemente conmovido también. Lo abraza. *Yo* habría querido hacer lo mismo, pero se mantiene a distancia. Piensa en su padre, en todo lo que nunca dirá. La emoción es tal que, como él, no puede moverse ni derramar una sola lágrima.

Es quizás en ese momento que comienza su extinción de voz.

De sitio en sitio

Unas semanas después –¿o el año siguiente?– visitó el Museo de la Memoria y los Derechos Humanos de Santiago. Y *José Domingo Cañas*, una casa en Ñuñoa transformada, como el estadio, en centro de detención y tortura. Y *Londres 38*, otra casa que, situada en el número 38 de la calle Londres, en pleno centro de la ciudad, fue utilizada para los mismos fines. Cerca de la iglesia de San Francisco y de la plaza central, ese recinto, rodeado de edificios, funcionaba en perfecta clandestinidad. ¿Cómo es posible que nadie alrededor haya visto o escuchado algo? Para ocultar los gritos durante las sesiones de tortura, le explican, los verdugos ponían música a todo volumen. Sin embargo –piensa–, es increíble que los vecinos no hayan sospechado que ciertas cosas extrañas ocurrían ahí adentro.

–Quizás lo sospechaban, pero ¿qué querías que hicieran? ¿Llamar a la policía? –se pregunta–.

–Informar a los periodistas, por lo menos; hacer un llamado a la prensa internacional... Qué sé yo.

–Qué ingenua eres. Pregúntate primero qué habrías hecho tú. ¿Qué te distingue de la mayoría silenciosa?

Indiferencia, consentimiento blando: somos todos potencialmente culpables.

Más tarde fue a Villa Grimaldi, antigua hacienda utilizada como campo de concentración. Para que no quedara huella del crimen, al término de la dictadura los militares demolieron las instalaciones. En el jardín solo quedó una pequeña celda de madera y la piscina donde, en los días soleados, los militares se bañaban con sus familias haciendo pícnic sobre el césped como en un centro vacacional. Cuando el lugar se transformó en sitio de memoria, el «jardín de las rosas», que existía desde antes, fue nuevamente cultivado en homenaje a las mujeres detenidas, la mayoría de las cuales guarda en la memoria el olor que, durante su cautiverio, emanaba de las flores. También «la torre» fue reconstituida: un depósito de agua adonde los torturadores llevaban a los detenidos para mantenerlos en aislamiento dentro de minúsculos receptáculos en grupos de tres o cuatro, antes de hacerlos desaparecer.

Algunas construcciones más recientes fueron agregadas: el muro de la memoria, sobre el cual figuran los nombres de los desaparecidos, muertos y ejecutados, y la sala de la memoria, donde las fotografías y pertenencias de las víctimas están expuestas en vitrinas.

Es verdad que, en el transcurso de esas visitas, *yo* comenzó a preguntarse si acaso no se estaría volviendo un poco «turista». Evitaba a cualquier precio asumir ese rol, tratando de tener siempre en mente el sufrimiento de los detenidos y recogiéndose en cada espacio donde alguna atrocidad había sido cometida. Pero implicarse demasiado en ese sentido corría el riesgo de conducirla a un derrumbe mayúsculo, mucho más radical que el llanto de Josefina. Una reacción desproporcionada e inapropiada –usurpadora de nuevo: ¿vas a pedirle a los sobrevivientes a cargo de este lugar que te consuelen por lo que ellos padecieron?–. Por el contrario, no implicarse lo suficiente podía instalarla justamente en la posición del espectador distanciado que acude a un lugar de memoria como a un museo cualquiera o a un parque de atracciones.

Sin saber cómo lidiar con ese conflicto, se supervisaba a sí misma de cerca: ¿percibiste plenamente el horror de los crímenes cometidos aquí?, ¿lo dimensionaste como se debe?, ¿de verdad te pusiste en el lugar de los detenidos? Las respuestas no siempre eran satisfactorias: y bien, confieso que en algún punto me distraje; en otro momento tenía ganas de ir al baño y no pude pensar más que en esa necesidad apremiante; mi teléfono vibró y…, ¡qué vergüenza!…, miré de reojo el mensaje que me llegó; a partir de cierto instante ya nada podía sentir y escuché el relato de lo ahí ocurrido como una banal consumidora de series policiacas…

Sin embargo, todos esos lugares la conmocionaban, interpelándola directamente. Tan directa y profundamente que las palabras se acumulaban en ella, sin encontrar salida. Interpelar: exigirle a alguien explicaciones sobre algo. Y, si se exigen explicaciones, es para obtener una respuesta: para hacer hablar.

Imaginó entonces un sitio de memoria donde los visitantes podrían no solo hacer preguntas, sino hablar ellos mismos, respondiendo a la interpelación que, directa o indirectamente, les está dirigida. ¿Hablar para decir qué? Poco importa: que nada saben, que nacieron demasiado tarde, que en su casa nunca se abordaron estos temas. O decir, por el contrario, que saben demasiado; que, justamente, nada pueden decir, saturados como están de todo aquello. Y explicar de qué modo ese no saber o ese saber los conciernen. Hablar, pues, como si formaran parte de una memoria en construcción. Se les propondría asumir el rol de guías, aun corriendo el riesgo de arruinar la visita. Solo para darles la ilusión de ser algo más que simples espectadores.

Tres nombres

Ir al Colegio Latinoamericano de Integración: estaba inscrito en la lista elaborada tiempo atrás. En cierta forma, la visita de los otros sitios y monumentos había sido para ella un entrenamiento, un desvío necesario antes de entrar en el meollo de una memoria que, implicando a toda su familia, la atravesaba a ella también.

Revisa sus notas. Colegio Latinoamericano de Integración: recinto donde tuvo lugar el secuestro de dos hombres más tarde degollados. Por supuesto, lo recuerda. No el acontecimiento mismo, claro está, sino la escena reconstituida a partir de sus lecturas.

Pepe, su amigo cineasta, le propone acompañarla. Sí, gracias. Le pregunta si puede filmarla: está haciendo un documental sobre la transmisión de la memoria, y esas imágenes podrían serle útiles. Sí, por qué no. Pepe llega al punto de encuentro con su cámara. Después de haberse sentido un poco «turista», frente a la mirada fija del objetivo, *yo* comienza a sentirse demasiado «protagonista». Observar, ser observado: ¿cómo?, ¿desde qué perspectiva?, ¿hasta dónde? Las preguntas son siempre las mismas.

Comuna de Providencia, en el cruce de Los Leones y El Vergel. Es ahí. El antiguo colegio ya no está. Fue demolido y reemplazado por un edificio de doce pisos. En el lugar donde se encontraba la entrada, la vereda se ensancha de algunos metros. Tres árboles hay ahora. Y tres bancas. En la superficie frontal de cada una figura una palabra distinta, recortada sobre el metal: «Parada», «Guerrero», «Nattino». Son ellos: los degollados. Reunidos por el azar y la fatalidad, los tres nombres cantan su unidad como un poema. Como un poema, sí, cantan los tres.

Tres nombres, escandidos en tres sílabas cada cual, con el acento en la penúltima. «Parada, Guerrero, Nattino». Ritmo ternario. El ataque, abrupto («p»), explota en la vocal más abierta («a»). El movimiento energético se atenúa luego, a través de las vibrantes («r», «rr»). Las vocales se cierran progresivamente, de la «a» («P*a*r*a*d*a*») a la «e» (Gu*e*rr*e*ro), hasta la «i» («Natt*i*no»), para volver a abrirse de modo parcial en la «o» de «Nattin*o*» que, haciendo eco a la de «Guerrer*o*», cierra la secuencia. «Parada, Guerrero, Nattino» es una consigna, un lema que no se puede no retener. Vuelve una y otra vez, exige ser repetido. A gritos, en voz alta, a media voz. Susurrando. En silencio. «Parada, Guerrero, Nattino». Como esos pequeños diamantes fonéticos que, pulidos por la Historia, estructuran a diferentes escalas la memoria colectiva −«libertad, igualdad, fraternidad»...−.

Resulta difícil reconstituir la escena en este espacio así transformado: ¿cómo estaba dispuesto el edificio?, ¿cuál era su extensión?, ¿cuántos pisos tenía?, ¿dónde se situaba exactamente la puerta principal?

La entrada estaba ahí, en todo caso, más o menos en ese lugar.

Parada, sociólogo, acude por la mañana acompañando a su hija. Llegan los dos de la mano por esta vereda sobre la cual *yo* camina ahora. Frente a la puerta, cuya ubicación exacta desconocemos pero que debía encontrarse por aquí, le da un beso a la niña. La pequeña entra al edificio. Parada saluda a Guerrero, profesor del colegio y miembro del sindicato, encargado de recibir a los niños. Conversan. Son casi las 8 de la mañana. Estamos a fines de marzo: el otoño comienza. El aire está fresco, pero no demasiado, y el sol brilla sobre el cielo de Santiago. ¿De qué hablan? *Yo* lo desconoce; imagina que los ve, ahí, pero no puede escucharlos. ¿Intercambian algún mensaje en código en torno a ese comando sobre el que están haciendo investigaciones? El asunto los ocupa, los preocupa. Las informaciones entregadas hace siete meses por el torturador arrepentido son sumamente valiosas. Hay que profundizar en ellas, vincularlas con los datos de los que hasta ahora se dispone. O quizás, siendo amigos desde hace tiempo, hablan de otros temas: ¿cómo está la familia? Más o menos; son tiempos duros.

Un adolescente de catorce años se acerca: es el hijo de Guerrero. Conversa brevemente con su padre. Este último le cuenta que ayer un grupo de miembros del sindicato de trabajadores fueron secuestrados. Les pidieron informaciones sobre mí, dice. Tienes que irte ahora mismo, afirma el hijo; tienes que salir del país para protegerte. No, responde el padre. Hablan durante algunos minutos. *Yo* se mantiene a distancia. Lo que se dicen ahora los concierne solo a ellos, a ese padre y ese hijo que no saben que esta será su última conversación.

Se dan un beso en la mejilla. El hijo entra al colegio. El padre continúa el intercambio con su amigo. ¿En qué estábamos? ¿El comando? ¿La familia? ¿El secuestro, ayer, de los compañeros del sindicato? Ya son las 8:50. Son conversadores, o bien el asunto del que hablan los ocupa, los preocupa. Ellos no lo saben, pero la circulación en esta calle y las aledañas acaba de ser interrumpida por carabineros. «¡Váyanse de aquí!», les dice o quisiera decirles *yo*, «¡váyanse de inmediato!». Pero ellos tampoco pueden escucharla.

Un helicóptero pasa volando, de pronto muy bajo. Es extraño. Sí, muy extraño. Desde luego, es extraño. Vienen a buscarlos. No tienen tiempo de pensar más. Un Chevrolet Opala blanco se detiene bruscamente, ahí, justo delante de ellos. Tres sujetos bajan del auto, agentes disfrazados de civiles. Se abalanzan sobre los dos hombres, que se debaten. Guerrero grita. Parada también. Es lo que se debe hacer en estos casos, prevenir a los transeúntes: «Auxilio, me secuestran, son agentes de Pinochet, avísenle a mi familia, a mis compañeros». A unos cuantos metros, «Leo», Leopoldo, otro profesor del colegio, es testigo de la escena. Sale corriendo a socorrerlos. Le pega un puntapié a uno de los agentes, que acto seguido le dispara. La bala lo hiere en el estómago. La sangre brota. Se extiende sobre el pavimento. ¿Dónde? Por aquí, en esta zona de la vereda.

Dentro del colegio, los alumnos escucharon los ruidos: un helicóptero, un auto, gritos, un disparo. La hija del uno y el hijo del otro los escucharon también. El hijo lo presiente: se llevaron a mi padre, le dice, susurrando, al chico sentado junto a él. Nerviosa, sin aliento, una joven irrumpe en el salón. Pide hablar con el hijo. Este se levanta. Se llevaron a mi padre, dice ahora en voz alta, mirando al vacío. Sí, se llevaron a tu padre. *Yo* lo vio todo: el Opala, los agentes, Leo, el tipo que le disparó. Todo lo vio, pero nada pudo hacer; lo intentó, pero no está aquí sino para reconstituir esta escena en su imaginación treinat y cinco años después[15]. Sí, muchacho, se llevaron a tu padre, y *yo* sabe que lo peor está por venir: en dos o tres días, su tío entregará el arma para degollarlo. A él y a Parada. Y a Nattino,

---

[15] Esta reconstitución retoma elementos del relato publicado en 2011 por Manuel Guerrero hijo en su blog. «29 de marzo 1985, te beso papá»: <https://www.cooperativa. cl/noticias/pais/manifestaciones/29-de-marzo/blog-de-manuel-guerrero-antequera-29-de-marzo-1985-te-beso-papa/2011-03-29/122959.html>.

que fue secuestrado ayer mismo, a unos pocos metros de su casa. *Yo* tiene que decírtelo, aunque no puedas escucharla.

Ella sabe que el crimen se prepara, pero en esa época lo desconocía también. Tenía entonces cinco años. ¿Qué hacía esa mañana al otro extremo del continente? Sin duda iba camino al colegio, de la mano de su padre. Si alguien hubiera querido anunciarle lo que, en este mismo instante, se gestaba allí donde la tierra termina, ella tampoco habría podido escucharlo. Y mucho menos creerlo.

Cae la tarde. Bajo las bancas, tres focos se encienden. Forman parte del memorial. La luz emana de los nombres recortados sobre la placa metálica. «Parada, Guerrero, Nattino» alumbran ahora la vereda. Pepe espera impaciente, apuntándola con el objetivo de la cámara. «¿Cómo te sientes? ¿En qué piensas?». *Yo* guarda silencio. «¿No habías dicho que te sentías directamente interpelada y que "interpelar" es hacer hablar? –se pregunta–. Habla pues, ya que te lo están pidiendo; Pepe te espera».

Pero las palabras se han retraído hasta lo más hondo de sí misma. «Perdona, Pepe, estoy cansada». Él la entiende.

Yo vuelve a sus notas:

–*Entrevistar a Leo*, que sobrevivió al disparo; *entrevistar a los compañeros cercanos a las víctimas*; *entrevistar a Guerrero hijo.* Tenemos mucho que hacer, ¿te das cuenta?: lugares por visitar, personas por conocer...

–¡Basta! Dije que estaba cansada. Francamente, no es el momento para ocuparse de tu estúpida investigación.

Tose; la garganta le duele cada vez más.

Tres sillas

En la autopista de Santiago a Valparaíso, hacia donde se dirige para visitar a Pepe, divisa las tres sillas. Por la ventana del autobús, a la distancia. Las había visto en fotografías de Internet; pero ahí, erguidas frente a ella, son impresionantes. No son sillas de palacio, ni sillas de salón, ni sillas acolchonadas. Son sillas filiformes, rígidas, como las de los maestros ante el escritorio en el aula. De acero, altas, de varios metros, fueron construidas en homenaje a los degollados, en el lugar donde se hallaron sus cuerpos. Monumento monumental. Enormidad del crimen; enormidad de la ausencia –o de la presencia–.

Son tres sillas para tres gigantes. Sentados en ellas dominarían el paisaje, cara a cara frente a las montañas que, en los alrededores de Santiago, separan las comunas de Quilicura y Renca. Velando serenamente sobre la vida de los suburbios, contemplarían los arbustos, los espinos, la línea sinuosa del Mapocho entre las colinas. Y los sitios industriales, que poco a poco fueron ganando terreno cuando el país entró en «vías de desarrollo». Al norte, las instalaciones de Coca-Cola Andina, ¡muy pintoresca!; al sur, el Work Center Costanera, con sus cuatro locales comerciales y sus noventa módulos de bodegas con oficina *premium*, y el centro corporativo de LATAM, compañía aérea sumamente productiva desde su privatización. Al este, el Google Data Center, «muy eficiente y respetuoso del medio ambiente»; al oeste, el aeropuerto internacional. A unos cuantos metros, las avenidas El Retiro y José Miguel Infante; y justo ahí, a sus pies, la avenida Américo Vespucio. Sentados en sus sillas, los tres gigantes verían pasar los automóviles. Y a lo lejos por la Costanera Norte, minúsculo, el bus 275, que en este preciso momento hace el trayecto de Santiago a Valparaíso.

Con la nariz pegada a la ventana, *yo* contempla las tres sillas. Se había propuesto ir un día para depositar flores, claveles rojos. Pero era difícil llegar, le faltó tiempo, nadie pudo acompañarla y, el día en que pensaba acudir, llovía a cántaros. En suma, no estaba lista.

Se proyecta, sin embargo, en el espacio de unos segundos. Está aquí, ahora. Se agacha para depositar los claveles rojos frente a la placa conmemorativa. Estamos aún a fines de marzo. Hace frío; el alba despunta en el horizonte. Tirita. En el terreno baldío se escucha solo el viento que sopla entre los arbustos, los espinos y las plantaciones de un fundo a unos pocos metros. De pronto, el motor, a lo lejos, de dos vehículos que se acercan. En la penumbra de la madrugada, sus faros iluminan el asfalto. Se detienen aquí, en la avenida Américo Vespucio: un Chevrolet Opala blanco (ya lo hemos visto, lo reconocemos), seguido de un Chevy Chevette. En el interior del primero se perciben cuatro siluetas: el chofer, el copiloto y dos pasajeros. En el segundo, únicamente tres: el chofer, el copiloto y un pasajero. La puerta trasera derecha del Chevrolet Opala se abre. Un individuo sale, cerrando la puerta tras de sí. Se dirige hacia el Chevy Chevette y se detiene frente a la ventana del copiloto, que abre a su vez la puerta. Los primeros resplandores del alba iluminan el rostro de este último. Es él: El Fanta, el traidor, *el tío del que no se hablaba*. Algo busca en su mochila. Es un cuchillo. Un destello lo hace relucir. De varios centímetros de largo, está curvado. Viene de Atacama: es un corvo atacameño. De la mano del uno pasa a la mano del otro. ¿Se dicen algo? Probablemente no. También evitan cruzar sus miradas.

En posesión del corvo, el hombre vuelve hacia el Chevrolet Opala, mientras el chofer y el copiloto bajan de él. Uno de ellos abre la puerta trasera izquierda para extraer a un pasajero que, con las manos atadas y los ojos vendados, se mueve con dificultad. Es Guerrero. Se lo puede identificar por el bigote. De otro modo sería imposible reconocerlo: la frente quebrada de un culatazo, las orejas quemadas, las uñas arrancadas. Apenas puede caminar. Pero la marcha no es larga. Los tres hombres lo hacen bajar por una hondonada. Lo ponen de rodillas. Aquel que lleva el corvo lo toma del pelo, tirándole la cabeza hacia atrás. Coloca el cuchillo sobre su cuello. Corte firme, mortal. Este individuo tiene un nombre: José Fuentes.

Entretanto, en el Chevy Chevette, las tres siluetas, incluida la del Fanta, siguen inmóviles. Piloto, copiloto y chofer, ¿acaso observan la escena —la salida del auto, la marcha titubeante, el descenso en la hondonada...–? ¿Miran hacia otro lado? ¿O bien cierran los ojos? Imposible saberlo.

Los tres encargados de la «misión» salen de la hondonada y se suben de nuevo al Chevrolet Opala. Lo hacen avanzar unos treinta metros hacia el norte y bajan. Se dirigen hacia la cajuela. Uno de ellos la abre. Otro se inclina hacia el interior. Pareciera que intenta extraer un paquete muy pesado. Un paquete que se mueve: es un hombre. No tiene barba ni bigote. Es así como se lo reconoce. Se trata de Nattino. Tiene las manos atadas, los ojos vendados. Apenas puede caminar, pero la marcha no es larga. Los tres sujetos lo hacen bajar por la hondonada. Aquel que lleva el corvo, el primero que hizo el corte, le entrega el arma al segundo: ahora te toca a ti. Corte firme, mortal. Este individuo tiene un nombre: Alejandro Sáez.

La operación se repite: de vuelta al Chevrolet Opala. Avanzar algunos metros. Bajar del auto. Abrir la cajuela. Extraer otro paquete: Parada. Se lo reconoce por la barba. Las manos atadas, los ojos vendados. Luego la marcha, el descenso por la hondonada. Aquel que lleva el corvo, el segundo que hizo el corte, se lo entrega al tercero: ahora te toca a ti. Parada yace en el suelo, de espaldas. Quizás la venda se le corrió. Quizás el sujeto que sostenía el arma vio sus ojos, los dos o uno solo, mirándolo de vuelta. O quizás simplemente entró en pánico. En todo caso, ese individuo, el tercero —que tiene también un nombre: Claudio Salazar—, hace un corte no en el cuello sino en el vientre. Y lo hace mal. Parada grita, grita, grita de dolor. El primer hombre , José Fuentes, vuelve entonces a tomar el corvo, lo coloca en el cuello, como se debe, y efectúa el corte.

Misión cumplida. Los vehículos emprenden la retirada.

La sangre corre, profusa. Moja la tierra que la absorbe, ávida. Se extiende entre los arbustos, cuyo tallo enrojece hasta las espinas a la luz del sol, en la madrugada. Sangre, sangre por todas partes —aquí, ahí, allá—, y tres cuerpos, tres cuerpos yacentes en la hondonada. Los campesinos que los descubren gritan, horrorizados. Sangre. Sangre caliente, sangre fresca que se extiende entre los arbustos. Un locutor lo anuncia por la radio, los periódicos lo publican en primera plana, miles de bocas lo repiten por todo el país. Sangre negra sobre la tierra, mojada. Sangre café sobre la ropa, manchada. Sangre roja sobre los cuerpos, yacentes. Roja, como los claveles rojos que *yo* se ve a sí misma depositar frente a la placa conmemorativa pronunciando en voz baja la consigna: *Parada, Guerrero, Nattino; Parada, Guerrero, Nattino...*

Las tres sillas se alejan. El bus 275 prosigue su camino hacia Valparaíso. Fuera de sí, *yo* lo ve pasar, minúsculo, por la autopista Costanera Norte. Observa los arbustos, los espinos, la línea sinuosa del Mapocho, los sitios industriales. Panoptismo. Contempla su propio rostro mirando las tres sillas por la ventana, justo antes de que desaparezcan, detrás de una colina.

La marca de Caín

Tarde o temprano, la cuestión tenía que plantearse. No con sus amigos: ellos estaban al tanto. Ni con los amigos de sus amigos: los primeros se habían encargado de advertir a los segundos, dejando claras las posiciones. Pero, en círculos menos restringidos, en algún momento era inevitable que la cuestión se planteara.

Fue en una fonda de empanadas en San Gabriel, población que se sitúa en el Cajón del Maipo, al pie de la cordillera; pequeño paraíso terrenal amenazado por las multinacionales con su proyecto de instalar una enorme central hidroeléctrica. *Yo* fue de paseo para allá con Josefina, invitada por Susana y Jorge, entrañables amigos de la familia desde la época de la Unidad Popular y luego durante la resistencia contra Pinochet. Jorge, sobreviviente de Londres 38; Susana, valiente militante. Los dos conocen la historia del Fanta. Y de cerca: varios de sus compañeros cayeron a causa de su traición. Pero ambos entendieron desde el principio –o poco después, cuando el panorama se volvió más claro– que la posición del traidor no era la de los otros miembros de la familia y que habría sido injusto meterlos a todos en el mismo saco. Luchadores incansables; amigos incondicionales.

Al caer la tarde, los cuatro salen de la cabaña de Susana y Jorge para cenar en la plaza. Sentados alrededor de la mesa en una terraza, hablan y ríen a la luz de las velas. El dueño de la fonda es el sobrino de Susana. En esta población todos se conocen. Durante la comida, la silueta de un hombre se acerca. Se detiene frente a la mesa. Las velas iluminan parcialmente su rostro, lo suficiente para que Jorge lo reconozca en unos segundos: ¡el compañero «T»! Es increíble. Hacía tanto tiempo que no se veían. Exiliado desde hace cuarenta años, se quedó en Suecia. Pero vuelve a Chile de vez en cuando. Ahora decidió venir a San Gabriel con una vieja amiga, la compañera «B», ¿te acuerdas de ella? Jorge se acuerda. Tal vez se sume a nosotros más tarde.

El compañero toma asiento. Él y Jorge entablan la conversación. Hablan de los «viejos tiempos». Josefina escucha atentamente. *Yo* hace lo mismo: las anécdotas de «aquellos tiempos» la atraen de modo irresistible. Sentada a su lado, Susana se inclina hacia ella. «No digas quién eres», le susurra al oído. ¿Hay algún peligro? Es poco probable. Tal vez Susana quiere solamente evitarle una situación incómoda. *Yo* no entiende del todo, pero se propone seguir su consejo. Sin embargo, el compañero «T» repentinamente parece interesarse por ella.

–¿Estás de paso por aquí?

–Sí.

–¿De dónde vienes?

–De Francia.

–¡Pero hablas muy bien español!

–En realidad, nací en México, pero vivo en Francia desde hace casi veinte años.

–¿Por qué elegiste Chile como destino?

–Mi familia es chilena.

–¿Viven aquí?

–No.

–¿Están en México?

–Sí.

–¿Vienen a menudo?

–No.

–¿Cuándo se fueron?

–No me acuerdo.

Al compañero le gustaría saber más. Bien podría haberse interesado por Josefina, o por Susana, la esposa de su amigo. Pero se concentra en *yo*, a pesar de sus respuestas lacónicas. «México... –dice–. Conozco a unas personas que se fueron para allá. Un psiquiatra, ya fallecido. Se instaló allí con su hija, su hijo y la novia de este último. Conocí a esa mujer. Era muy hermosa, con una larga cabellera negra. En esa época, todos estábamos un poco enamorados de ella. Cuando venía a nuestra casa, mis hermanos pequeños se metían debajo de la mesa para mirarle las piernas; ¿cómo se llamaba? Creo que su nombre era "I". ¿Y su compañero, el hijo del psiquiatra? Se me escapa su nombre. ¿Cómo se llamaba...?».

Yo se siente acorralada. Mira a Susana, que discretamente se lleva un dedo a los labios: «No digas quién eres». *Yo* vacila. Supone, o más bien sabe, que el compañero sabe. La población es pequeña; las noticias vuelan. Responde al gesto de Susana levantando imperceptiblemente las cejas: ya no puedo callarme. Tose. Y luego escupe: «"J" –se oye decir, con voz ronca–. El compañero de "I", la hermosa mujer de negra cabellera, se llama "J". Son mis padres. Y el psiquiatra era mi abuelo».

Qué casualidad, replica el camarada, falsamente sorprendido; yo los conocía, militábamos juntos.

Otra silueta se acerca. Se detiene frente a la mesa. Jorge la reconoce a la luz de las velas: la compañera «B». Se saludan. Ella toma asiento.

El compañero «T» le dice sin demora: «¿Te das cuenta de lo pequeño que es el mundo? Esa chica, ahí, es la hija de los compañeros "J" e "I"». Silencio. «¿Te acuerdas de ellos? Se fueron a México». Silencio. *Yo* mira a Susana, a Josefina, luego a la compañera «B», inmóvil frente a ella. En la penumbra no puede distinguir los rasgos de su rostro; solo el brillo de sus ojos, que la miran fijamente. «Su abuelo era psiquiatra, ¿te acuerdas?», insiste el compañero. Silencio. Por lo menos tiene la delicadeza de no profundizar en las referencias familiares, dejando implícito lo que todo el mundo piensa, eso que de pronto se ha convertido, fuera de cualquier otra afiliación, en la marca exclusiva de una identidad. «La sobrina del traidor». Yo nunca habría imaginado que esa marca fuera tan visible en su frente. Un estigma indeleble: «Raza de Caín, por los caminos arrastra a los miembros de tu estirpe como perros»[16].

Al final de ese silencio que parecía infinito, la compañera «B» se levanta, se da media vuelta y se va. En unos cuantos segundos sacó las cuentas: «hija de», «nieta de»; por lo tanto, «sobrina de». Con eso le basta. No dijo hola, no dijo adiós. Su amigo se disculpa livianamente: tenemos prisa, nos esperan para cenar. «Encantado de haberte conocido», le dice a la sobrina del criminal. «¿Encantado?». La compañera y el compañero se van, «porque los de la posteridad de Caín eran negros y no tenían cabida entre ellos»[17].

«Lo siento, Susana, ya no podía callarme», dice *yo*, confundida, hundiéndose en las sombras. Susana la abraza. La cena ha terminado. Lentamente, caminan hacia la cabaña. Josefina la toma de la mano.

Antes de quedarse dormida, *yo* piensa —no puede dejar de pensar—: y eso que soy solo la sobrina y ni siquiera conozco a este tío; ¿qué pasaría si fuera su hija...?

Le hubiera gustado hablar con la compañera «B» para decirle hola, primero, y luego para explicarse; para decirle que entiende, que lo lamenta (¿lamentar qué?), que no es su culpa, o no del todo;

---

16   Charles Baudelaire, «Abel y Caín», *Las flores del mal* (1857).
17   La *Biblia* (Moisés 7:22).

que uno no elige a su familia; que este asunto la ocupa; que también tiene pesadillas por las noches, a veces, cuando le da por recordar lo que no ha vivido.

Una culpa venida de lejos la atraviesa. Se esconde bajo las sábanas, «pero el ojo de Dios estaba en la tumba, mirando a Caín»[18].

Josefina ronca en la cama de al lado. Eso la tranquiliza.

Decir o no decir: he ahí el dilema

El incidente no fue completamente imprevisto. En el fondo, *yo* se había preparado desde hacía tiempo. Mucho tiempo, incluso: *sobre el asunto del tío, la madre dijo lo suficiente para que* yo *no se sorprendiera si un día alguien, al escuchar su apellido durante una cena, se levantaba de la mesa y se iba...* Estaba contemplado en el abanico de posibilidades. *Yo* se sintió incluso aliviada de que por fin ocurriera, confirmando que los temores de su madre eran plenamente fundados. El acontecimiento no era pues sorprendente; fue más bien su propia reacción lo que la sorprendió, ese impulso que la condujo, haciendo frente al compañero «T», a decir sí, soy la hija de tal y cual; y, por consiguiente, la sobrina de tal otro. Desconocía esa fuerza que llevaba dentro, o esa fragilidad. Aquella tarde, un gran interrogante se abrió.

A partir de entonces, durante las fiestas organizadas por Pepe en su casa de Valparaíso o por Josefina en su departamento de Santiago, en las actividades militantes a las que asistía con Susana y Jorge, y en las reuniones con amigos y amigos de amigos, el dilema de «decir o no decir» se encontró en el centro de sus preocupaciones.

Cada vez que conocía a alguien, al cabo de unos minutos de intercambio se preguntaba inevitablemente: ¿debo ser transparente y dar a conocer de inmediato mi apellido, decir quién soy, de dónde vengo, antes incluso de que mi interlocutor me interrogue al respecto?

---

[18]   Victor Hugo, «La conciencia» *La leyenda de los siglos* (hacia 1885).

¿Por qué habría de ocultarlo, o por qué habría de revelarlo? Si no lo digo, ¿es por discreción, o por complicidad? Y si lo digo, ¿es por honestidad, o porque estoy cargando con el peso de una historia que no es mía? Si lo digo o si no lo digo, ¿a quién estoy traicionando (o no)?

En busca de respuestas, probó todas las opciones. Hubo reuniones durante las cuales, sentada en un rincón, evitando cualquier diálogo, se limitó a dar su nombre de pila, sin más, a aquellos que se lo preguntaban. Se aburría como una ostra, pero preservaba el secreto. Hubo otras en que se esforzó por orientar deliberadamente la conversación hacia terrenos donde sus revelaciones pudieran ser pertinentes. Durante unos minutos se volvía el centro de atracción: «¡Vengan todos a ver, es la sobrina de fulano!» «Un momento: es también la hija de zutano...». Pero esto último era menos espectacular. En fin, hubo encuentros donde soltó la información de golpe, torpemente, sin que nadie se lo preguntara.

En una fiesta de cumpleaños organizada por amigos de Pepe, bailando al ritmo de la música *techno* y volada como todo el mundo, vislumbra un rostro familiar. Es Macarena Aguiló, la cineasta. Tiempo atrás, *yo* había visto el documental *El edificio de los chilenos*, muy importante para sus reflexiones sobre la posmemoria: Transmisión de la memoria traumática a través de las generaciones, a decir de los especialistas. «Macarena, hola, me encantó tu película, realmente me impresionó; por cierto, soy tal, hija de zutano y mengana, exiliados en México, pero también sobrina de perengano, condenado a cadena perpetua por crímenes de lesa humanidad; sin duda has escuchado hablar de él. El Fanta es su alias». Desde luego, ha escuchado hablar de él. Pero ¿a qué cuento viene esa lluvia de informaciones, aquí, en este momento? ¿Qué puede decir nuestra querida cineasta frente a esta admiradora medio flipada? Al ritmo de la música *techno* que de cualquier modo hacía difícil entablar cualquier conversación, siguen bailando hasta el amanecer.

Pero eso no es todo. En el bus, la mujer sentada junto a ella se queja por el alza del precio de la leche. «Sí, señora, es escandaloso, la injusticia social viene de la dictadura y todavía quedan muchos rastros de ella. Figúrese, yo soy tal, hija de zutano y mengana, exiliados en México, pero también sobrina de perengano, condenado a cadena perpetua por crímenes de lesa humanidad; sin duda ha escuchado hablar de él. El Fanta es su alias». No, no ha escuchado hablar de él. «Bueno, señora, tiene que saberlo: es un gran criminal».

Tosiendo, con una voz ya completamente quebrada, le habló del asunto a los amigos y conocidos de sus amigos, y también al panadero, al farmaceuta, a la conserje del edificio donde alojaba, a la vecina del frente, al testigo de Jehová que llamó una tarde a su puerta, al vendedor de periódicos, al técnico que vino a reparar la conexión de Internet, al plomero. En medio de cualquier conversación, el tema surgía.

¿Hablamos de música? Recuerden a Víctor Jara, la nueva trova, las canciones de los años 70. Canciones comprometidas, en un contexto tan difícil: el golpe de Estado, la represión, la resistencia. Por cierto, ¿sabían que mi tío se volvió torturador...?

¿Hablamos de cine? Patricio Guzmán, Carmen Castillo, figuras centrales del documental chileno. En *Calle Santa Fe* aparece una fotografía donde figuran tres rostros: son los degollados. Por cierto, ¿sabían que fue mi tío quien proporcionó el arma...?

¿Hablamos de teatro? Hace poco leí una obra del escritor Víctor Faúndez; el título es *Fanta y Romo*, dos de los represores más temidos de la dictadura. ¿Sabían que mi tío es uno de ellos...?

¿Hablamos del clima? Oh, sí, estas semanas ha llovido bastante; el otro día, en la autopista que conduce a Valparaíso, divisé algunas nubes grises, a lo lejos, justo arriba del memorial de las tres sillas, impresionante. Por cierto, ¿sabían que...?

A posteriori, casi siempre se llenaba de reproches: «¿Cómo puedes exhibirte así, exponer a tus padres, hablar de un tema del que nunca nadie en la familia —a excepción del traidor— ha querido hablar?». Además, el relato así contado, precipitada y compulsivamente, con la fuerza de una palabra que se libera, no le interesaba a mucha gente y tampoco aportaba gran cosa a la conversación, fuera de un pequeño toque anecdótico. El panadero, antiguo militante, se vio sin embargo interpelado: «La compadezco, señorita... Ser la sobrina de un tipo así...», dijo, mostrándose más comprensivo que la compañera «B». El vendedor de periódicos, por su parte, inquirió sobre algunos detalles de la historia. Pero, en lo que respecta a la conserje del edificio, a la vecina del frente, al testigo de Jehová, al técnico y al plomero, rápidamente pasaron a otro asunto.

Sea como fuere, *en medio de cualquier conversación, el tema surgía.* Todo la remitía a ese punto neurálgico, por mucho que tratara de alejarse de él. ¿Decir o no decir? ¡Decir, decir, decir! Cueste lo que cueste.

—¡Cuidado! ¿No habrán sido esas mismas palabras, «¡decir, decir, decir! Cueste lo que cueste», las que resonaban en la cabeza del Fanta en el instante trágico en que se disponía a traicionar a todos sus compañeros...?

El coming out

No hace falta ser psicoanalista para entender que su interés por la «posmemoria» era de naturaleza muy distinta de aquel que había manifestado por el arte y la literatura del simbolismo francés. Las investigaciones que, en secreto y de modo paralelo, llevó a cabo durante años, desde que «la herencia del trauma histórico» se volvió pensable para ella, en principio no le parecían posibles de compartir. Algo del orden de lo prohibido —una prohibición implícita, nunca nombrada como tal— envolvía también ese tipo de reflexiones, por muy «científicas» que fueran. Los primeros artículos que publicó en ese ámbito, aun con un tono distanciado y aun en francés, la descompusieron. Entonces no fue la garganta, sino el estómago: retortijones, hinchazón y todo lo demás. Una vez publicados esos textos no pudo releerlos y se esforzó por olvidar que existían.

Es por eso que cuando Pepe le propuso presentar una conferencia frente a los miembros de su centro de investigación en la Universidad de Valparaíso, ella pensó de entrada en un tema menos candente: métrica y prosodia de la poesía simbolista, por ejemplo. Pero el mencionado centro estaba dedicado al estudio de la memoria y la violencia dictatorial. Difícil pues modular el tema que había imaginado para abordar una problemática que pudiera despertar el interés de los colegas –¿Baudelaire y los derechos humanos...?–. Habría podido rechazar la invitación: «Lo siento, Pepe, no estoy lista». Él habría entendido. Pero, sin saber bien por qué, aceptó. Dale: la posmemoria.

Para hablar de la segunda generación de la dictadura, de esos «hijos e hijas» que, rezagados como ella, andaban buscando su lugar en este mundo, material no le faltaba. Material de análisis: obras literarias y testimoniales, creaciones plásticas, películas consumidas con avidez desde hacía más de diez años. Material teórico: textos de filósofos, psicoanalistas, historiadores, sociólogos, semiotistas, dedicados a estudiar la herencia de «un pasado que no pasa». Sin darse cuenta, había aprendido tanto al respecto, que una hora apenas le bastaría para presentar su intervención. El problema era de otro orden: ¿cómo hablar de la dictadura y la memoria chilena, en Chile, sin decir algo sobre su familia, aunque fuera para disipar las posibles dudas relativas a su propio apellido? La cuestión de «decir o no decir» se planteaba de nuevo, pero en un nivel diferente. No era lo mismo exponer su relato en la panadería o en una fiesta de la que podría retirarse inmediatamente en caso de dificultades, que hacerlo en un espacio académico donde, pasara lo que pasara, tendría que aguantar hasta el final.

«No deberías haber aceptado la invitación», se dijo cuando empezó a preparar su conferencia, fumando como carretonera. «¿La reacción de la compañera "B" en San Gabriel no te bastó para dimensionar el estigma con el que cargas?». Hablar de memoria en Chile, siendo la sobrina de un famoso criminal, era mucho más grave, más redhibitorio, más ilegítimo, que hablar de literatura francesa en Francia sin tener el pedigrí requerido ni formar parte de la elite meritocrática egresada de la Escuela Normal Superior. «Mala idea: acabarás hecha polvo».

El día previsto, temprano por la mañana, llega con Pepe al lugar donde se desarrollará la intervención. Está cansada, nerviosa, angustiada, temerosa, avergonzada. Todo al mismo tiempo. Durante la noche no logró pegar un ojo. El texto de la conferencia está listo, pero es lo de menos. Lo esencial se jugará en el preámbulo.

Los participantes, incluyéndola, se instalan en torno a una gran mesa redonda. Sentado junto a ella, Pepe la presenta a sus colegas, alrededor de diez. Presentación académica: títulos, trabajos, elementos del currículum. Aquello que construye la credibilidad y la legitimidad del investigador. Su *ethos*, como se dice en retórica. Mientras tanto, *yo* toma apuntes en un papel. No son exactamente apuntes, sino palabras que escribe para canalizar la tensión. Una sola palabra, en realidad, que se repite en letras muy pequeñas: «Perdón, perdón, perdón, perdón, perdón…». Perdón a los padres, perdón al abuelo, por traicionar su secreto a voces; perdón a los auditores por lo que van a escuchar; perdón al mundo entero por lo que ha hecho, por lo que hará, por lo que no ha hecho; perdón a aquellos que verán en ella la representante de un linaje maldito. Le tiemblan las manos, su pulso se acelera, su corazón late con fuerza, le falta el aire, la cabeza le da vueltas. Pepe termina de hablar. Posa una mano sobre su hombro: «Puedes empezar».

Yo tose. La garganta le arde como si hubiera tragado fuego. Su voz no solo está quebrada, sino casi extinta. Aspira profundamente. Y con un hilo de voz, se lanza.

«Hace algunas semanas, distintos periódicos de Chile publicaron una información de actualidad: sesenta presos de Punta Peuco le enviaron una carta al presidente Sebastián Piñera pidiéndole que les conceda el arresto domiciliario [Discurso objetivo, distanciado, como si no le concerniera. Buena estrategia para evitar el patetismo].

«Como ustedes saben, en esa cárcel están cumpliendo condena los pocos criminales de la dictadura que hasta ahora han sido juzgados ["Criminales de la dictadura", ya está dicho, nos vamos acercando...].

«Entre ellos hay un solo civil [Tose de nuevo; su voz se vuelve aún más temblorosa. Es difícil, es doloroso pronunciar ese nombre. Le quema como si hubiera tragado fuego. Ya casi estamos. ¡Vamos! ¡Vamos!...]. Miguel Estay, alias El Fanta [Muy bien, la primera piedra está colocada. Se sonroja, transpira. Una gota de sudor corre por su espalda]. Es justamente este civil quien redactó la carta dirigida a Piñera y está encabezando la petición de conmutación de pena [Así es: además de todo, dirige la batalla por la impunidad...].

«Seguramente todos ustedes conocen a ese personaje [Por supuesto que lo conocen: trabajan sobre los derechos humanos]. Algunos afirman que incluso traicionó a su hermano y su cuñada [no nos extendamos en el asunto: "algunos dicen" eso, pero otros sostienen, ¡ay!, una versión distinta. Pasemos rápido al punto siguiente]. Después de haber estado presos, estos últimos partieron al exilio. El Fanta, por su parte, delató a todos sus compañeros [De eso no cabe duda: se sabe, está demostrado; él mismo lo ha admitido]. Más tarde siguió colaborando hasta involucrarse en el caso degollados [*Parada, Guerrero, Nattino*; *Parada, Guerrero, Nattino*: la consigna resuena en su cabeza].

«El Fanta es pues una de las figuras emblemáticas del crimen y la tortura en Chile [De modo general, puede decirse que es así. En lo que al crimen respecta, hay otras figuras más importantes; pero, en cuanto a la traición, incontestablemente es él quien lleva las de ganar].

«Como lo habrán notado, él y yo llevamos el mismo apellido [Sí, qué extraño; tremenda coincidencia... Tose de nuevo, aspira profundamente. ¡Vamos! ¡Vamos!]. Se trata de... [No te detengas. ¡Vamos! Tú puedes]. Se trata de... [¡Vamos, tú puedes! No, no puedo. Sí puedes. Sabes que puedes]... Se trata de mi tío. Su hermano y su cuñada son mis padres... [Listo. Escupiste todo. Que pase lo que tenga que pasar].

«Más allá de la dimensión anecdótica, si he querido empezar con este relato es por dos razones de suma importancia para mí [Claro, hay que justificarse ahora; esforzarse por reconstituir este *ethos* maltrecho].

«En primer lugar, por razones éticas. Antes de abordar el problema de la memoria aquí, en Chile, me pareció indispensable ser lo más transparente posible y precisar que, desde el punto de vista político e ideológico, me sitúo sin ambigüedad en el campo de las víctimas y no en el de los victimarios, si bien, genealógicamente, me encuentro entre los dos [Es fácil decirlo, pero ¿qué prueba tu compromiso?, ¿acaso es solo porque tú afirmas que eres "transparente" y "sincera" que lo eres realmente?].

«En segundo lugar, por razones teóricas, ya que mi experiencia en tanto heredera de profundas heridas de la Historia –como muchas otras personas de mi generación– corresponde precisamente al ámbito de lo que se denomina "posmemoria" [Uf, llegamos al terreno conceptual. ¡Tierra a la vista, tierra a la vista! Rema, rema, exhausta, sin aliento]. Es el tema del que hablaré hoy [Ahora afírmate bien: si la tormenta se desencadena, al menos podrás refugiarte en tu pequeña isla teórica]. Sin duda habrán ustedes entendido el origen de mi interés por él».

Así fue, más o menos, como se las arregló. Concluido el preámbulo y antes de entrar en materia, hizo una pausa de algunos segundos, en caso de que alguien quisiera abandonar la sala, pedirle a ella que se largara de inmediato –«porque los de la posteridad de Caín eran negros y no tenían cabida entre ellos»– o bien insultarla –«¡sobrina de canalla: canalla tú también!»–. Pero nada de eso ocurrió. Los colegas se quedaron escuchándola hasta el final. Hicieron preguntas sobre tal o cual concepto u obra, pero ninguna alusión de orden personal. Le habían creído bajo palabra: habían entendido su posición. Y habían comprendido que no era fácil hablar de estos asuntos.

Al término de la conferencia, Pepe le invita una cerveza. «Te felicito», le dice. «¿Viste? No dolió tanto». Él conoce bien la angustia,

el temor y la vergüenza que acompañan ese tipo de revelaciones.
Salió del clóset hace varios años: es homosexual. Y también hijo
ilegítimo de un responsable de crímenes de lesa humanidad. Pepe,
«mon semblable, mon frère»[19], piensa ella, sonriendo.

---

[19] «Mi semejante, mi hermano». Charles Baudelaire, *Las flores del mal* (dedicatoria al lector).

Las zonas paradójicas

Podría haberse detenido ahí. Había visitado los sitios de memoria, había rendido los homenajes necesarios, había confirmado los juicios que pesaban sobre *el tío del que no se hablaba*, había hecho su *coming out* más allá de su círculo íntimo. Había incluso entrevistado a algunas de las personas que figuraban en su lista, encuentros de los que no puede o no quiere hacernos parte, pero que confirmaban globalmente la versión de los hechos que no le convenía. Habría podido volver a su país –¿a su país? A su país de acogida, en todo caso– satisfecha de esa estadía tan productiva. Pero no. Transgrediendo la frontera entre la intrepidez y la temeridad, tenía que ir más lejos. ¿Hasta dónde? Hasta el final. ¿Al final de qué? No lo sabe aún, pero tiene que ir.

Hija de víctima, hija de victimario

Fue un domingo. Una de ellas lo recordaría; la otra no retendría sino la «m» como referencia en su calendario interno –«¿*m*artes, *m*iércoles o do*m*ingo?»–. Pero, años después, las dos llevarían en la memoria la huella imborrable de ese acontecimiento. Fue por la tarde, bajo el sol de Santiago. Ambas se preguntaban, cada cual por su lado, lo que pensaría la otra; con qué expectativas o temores acudiría a la cita.

Nunca antes se habían encontrado: no estaba previsto en el orden de las cosas, en el curso de sus vidas respectivas, en el devenir histórico mismo. Si una gitana hubiera leído la mano de cualquiera de ellas, no habría descubierto señal alguna. Viajes, aventuras, amores y desamores, uno que otro golpe «como del odio de Dios»[20], ay, pobre muchacha, pero no esto. Su destino era no conocerse. Habría sido lo más lógico, lo más sensato, considerando la tragedia que años atrás, antes de su nacimiento, había dividido radical y definitivamente a la familia. Eran primas. El primer nombre de esta era el segundo nombre de aquella: pura casualidad. Pero nada más. Nunca una carta o un relato que evocara la existencia de la otra. Alguna mención quizás, como de paso, cuando el padre o la madre hablaban de otros asuntos, porque ese nunca fue un tema como tal. No debía serlo, ya que, para llegar a ese punto sin demasiada importancia, habría sido preciso remover tantos escombros, desenmarañar una trama tan intricada de acontecimientos y poner en palabras dolores tan añejos e inconmensurables, que nadie se habría entregado por voluntad propia a esa tarea.

Eran primas, sí, compartían el apellido. Pero nada más. Cuando todos los vínculos se han roto, el de sangre es apenas un dato genético, un avatar del universo orgánico. Y el apellido un puro significante hueco. Sus padres eran hermanos, sí; ambas tenían por tanto los mismos abuelos. Pero nada más. Una creció en México, la otra en Paraguay. Una vivía en Francia, la otra en Chile. Una era hija de víctimas, la otra hija de victimario.

A tu encuentro

Fue quizás un martes, no recuerdo bien, pero tengo la impresión de que el nombre de ese día contenía una «m». No suelo retener las fechas: en mi calendario interno, el tiempo es asunto de intensidad. Fue por la tarde, eso sí; el sol de verano hacía brillar los techos de las casas, la superficie de los autos, el asfalto. Estaba nerviosa. Me preguntaba cómo te sentirías tú, si tendrías también ciertas aprehensiones. Si te habrías levantado pensando en este encuentro, si se te apretaría el estómago al imaginarlo, si te faltaría un poco el

---

[20]   César Vallejo, «Los heraldos negros» (1919).

aire, o si habrías tratado de evadir el asunto hasta el último minuto. Si llegarías a la hora, si pedirías un café, una bebida o un pisco sour. Un pisco sour, suponía más bien, la ocasión lo ameritaba y, después de tanto espiarte en Facebook, sabía que la tendencia festiva era un rasgo que compartíamos; algo en común, por lo menos eso... Si fumarías. Si tus ojos serían como los míos, si tendrían ese aire de familia, un poco taciturno, un poco triste, un poco abismal cuando se los mira de frente y se los interroga con detenimiento. Cómo habría sido tu vida por este lado del mundo, cómo lidiarías con nuestro apellido, si sería para ti un lastre o una insignia. Me planteaba tantas preguntas que mi cabeza hervía mientras caminaba hacia el café donde habríamos de encontrarnos. Por eso tengo la impresión de que era verano, pero tal vez en realidad fue en otoño.

«No anticipes lo que va a ocurrir. Ya verás qué pasa estando ahí», dice Josefina. «Sí», respondo. «Y no fumes demasiado, ¿de acuerdo?». «Sí», respondo nuevamente, y prendo otro cigarro.

Trato (¿de verdad trato?), pero no puedo. Tengo que anticipar, explorar con detalle todos los escenarios posibles. Que todo esté bajo control, la coraza bien firme, las estrategias definidas, la bandera en alto, Comandante guerrillero, porque esto es cuestión de honor; porque los ojos —esos ojos insondables— me están mirando con su aire de familia para juzgarme sin piedad; porque es también, o sobre todo, un asunto político (no se me olvida, no se me tiene que olvidar); porque los muertos me vienen siguiendo y no quiero escuchar lo que me dicen; porque estoy forzando el curso de un destino que iba hacia otro lado.

Una vez más pido perdón, pido clemencia. Supongo que es la curiosidad lo que me ha arrastrado hasta aquí, una voluntad inexplicable de saber, y el deseo de ir hasta el fondo de un dolor que me punza desde adentro, pero que ni siquiera es mío. Tampoco esta historia es mía, no era mía y me la estoy apropiando. Usurpadora, metiche. Traidora... Sí, debo estar traicionando a alguien, aunque todavía no sé a quién. Nuestra familia sabe de traiciones.

Son dos grandes escenarios los que puedo anticipar. Primera opción: expongo sin demora el asunto central –yo esto, mis padres lo otro, nuestros principios éticos y políticos; tu padre, sus crímenes, lo inconcebible, lo imperdonable, aquello respecto a lo que no se puede transigir– y me encuentro con una Loreto Iturriaga (esa hija de torturador dedicada a justificar los crímenes cometidos por él) que empieza a poner sobre la mesa cuanta porquería trae en su cartera: que los militares tenían razón, que las víctimas quieren sacar provecho, que los malditos comunistas, que los héroes uniformados... En ese caso, la intervención será rápida. Llamo al mesero, le pido la cuenta, le tiro un par de insultos a la Loreto si es que la indignación no me hace enmudecer, la dejo hundida en su basural, la miro de lejos una última vez y me voy sabiendo que nunca más nos volveremos a encontrar. Entendido, Comandante; las municiones están listas para esa batalla. Me parece improbable, en todo caso: los pocos intercambios que hemos tenido por correo me hacen pensar que las diferencias no serán tan radicales.

Segunda opción, más plausible: expongo también sin demora el asunto central –eso es seguro: tengo que marcar mi posición desde el principio– y me encuentro con un asentimiento blando, que poco a poco se orienta hacia lo que imagino habría sido en su época la Democracia Cristiana (¿acaso tengo que politizarlo todo?, ¿es necesario pensarlo así? Sí, es necesario): bueno, en efecto, pasaron cosas, pero las circunstancias, y el contexto internacional, el derrumbe de las ideologías, el balance entre costos y beneficios... En ese caso me quedaré un rato, rebatiré los argumentos que sean rebatibles hasta donde valga la pena sin cansarme demasiado y emprenderé cortésmente la retirada, sin más expectativas, habiendo confirmado que lo que nos separa es más fuerte que lo que nos une.

¿Existen otras posibilidades? Probablemente, pero serán matices de una u otra; lo importante es haber despejado los términos lógicos fundamentales, considerando todas las variables, para no dejarse sorprender.

Desconcierto

Josefina, mi amiga fiel, me acompaña hasta la entrada del café. Ya estás ahí, parada junto a la puerta. Te reconozco por las fotos que vi en Facebook, aunque no había previsto el tono azulado de tu pelo hacia las puntas. «¿Camila?», pregunto, por si acaso. «Sí, soy yo».

Nos saludamos de beso, con cierta naturalidad. Josefina te saluda también y se despide al mismo tiempo, según lo que habíamos acordado: iría conmigo hasta el punto de encuentro para asegurarse de que no me perdiera por las calles de Santiago, y me dejaría luego contigo para irse a dar una vuelta a la plaza del frente o a algún otro lado, no muy lejos, porque nunca se sabe lo que puede ocurrir.

Ahora estamos tú y yo, a solas. Me sorprende tu seguridad, tu desenvoltura frente a esta desconocida que, diciendo ser tu prima, te ha dado cita en un café. ¿En la terraza? En la terraza. ¿Dos piscos? Dos piscos. Vamos bien. Prendo un cigarro, prendes un cigarro. Seguimos bien. Te miro con detenimiento; trato de reconocerme en tus ojos, pero no puedo o no quiero todavía. Tengo que exponer sin demora el asunto central. Lo hago como puedo, a borbotones salen las palabras. Yo esto... Sí... Mis padres lo otro... Sí. Nuestros principios éticos... Sí... Tu padre, sus crímenes, lo inconcebible, lo imperdonable... Sí... Aquello respecto a lo que no se puede transigir... Sí... Porque esto es un asunto político, ¿me entiendes?... Sí, prima, sí...

Estamos de acuerdo. Inexplicablemente, estamos de acuerdo: condenas absolutamente los crímenes que ese hombre cometió. Sin excusas, sin concesiones. Las víctimas son las víctimas, los victimarios son los victimarios. Si bien traicionó quizás por altruismo, no hay justificación para lo que hizo después. Podría hablarte largamente de mis principios ideológicos, de mis fobias posdictadura, de mi alergia a los policías y los militares, de mi revuelta, de mis ímpetus revolucionarios, y seguiríamos estando de acuerdo.

El resto –porque siempre hay un resto– es cuestión de afectos, un confuso magma de sentimientos encontrados: la ternura, el desamparo, la rabia, y esta carencia insondable que ya estamos vislumbrando una en la otra. Pero sobre todo el desgarro: entre el amor a un padre y el rechazo hacia un criminal; entre la niña que uno sigue siendo y la mujer que, mal que bien, ha llegado a ser. Todo esto que nos une y al mismo tiempo nos separa es lo demás, pero no lo de menos. La hija que eres lo quiere, a pesar de todo. Te duele, me duele.

Nunca me había encontrado ante una contradicción de esta magnitud. Muy ingenua sin duda, jamás imaginé que algo así podía existir. Desearía objetar algo en nombre de no sé qué principio moral. Urgida, busco una ética de las pasiones a la que aferrarme para no perder la brújula, alguna ley que decrete cuándo y a quién se debe o se puede querer, cuándo y a quién no se debe querer, cuándo y a quién se debe no querer querer... ¿Obligación o prohibición de querer? ¿De verdad es eso lo que voy a plantear? ¿Y si se tratara de mi padre? Entiendo que nos estamos adentrando en una de esas zonas atravesadas por dilemas humanamente indecidibles. Me callo entonces. Hasta mis pensamientos enmudecen. Estupor podría llamarse ese silencio; más tarde sabré que se llama respeto. No tengo derecho ni corazón para juzgar; no a ti, no ahora, no en esta zona expuesta como una herida. ¿Qué hacer pues con la coraza, la bandera, las municiones? Este escenario no estaba en el libreto; se me acabaron las estrategias.

Comandante, me estoy desarmando. De pronto, me he vuelto pequeñita: soy una niña frente a una niña. ¿Otro pisco? Otro pisco. Y otro cigarro. Vamos bien, pero ya no sé hacia dónde.

Punto de no retorno

Te miro de nuevo y esta vez puedo verte mejor. Me autorizo a sentir con cierta cautela y atemorizada intuyo que en algún momento podría empezar a quererte. Se me ocurre que a través de mí, nuestro abuelo también te mira. Nos mira y, en nosotras, se mira. Abuelo, esta es tu nieta, la otra, la que no pudiste conocer.

Si no fuera una redundancia, diría que algo en ti me es muy familiar. En la oscuridad de tus ojos taciturnos, me recuerdas a alguien que podría ser yo. Y me da pena, no sé por qué. Me da nostalgia, no sé de qué. Como en las novelas románticas trilladas, tengo la impresión de que nos conocemos desde hace tiempo. Pero esta es nuestra novela y en ningún lado está escrito lo que en ella ha de ocurrir. Este habrá sido el día en que nos reconocimos. Un poco tarde, sí. Perdona la demora. Estaba enterrando a los muertos, que no quieren descansar en paz. Encantada, prima. Te extrañé tanto.

Si hubiera deseado echar marcha atrás, habría sido demasiado tarde. Desde el principio era demasiado tarde: desde que salí a tu encuentro, o quizás desde que te escribí por primera vez. Pero en realidad nunca tuve la intención de retroceder.

En algún momento, en medio del vértigo, intenté, sí, hacer una pausa. Tomar aire, poner un poco de orden en este mundo que ahora estaba de cabeza. Mi brújula ética, ya bastante averiada, me indicaba que por alguna razón era preciso no querer quererte. Eres la hija de un criminal. Burdo motivo, ridículo argumento que no podría sino volverse en mi contra: por mi parte, soy la sobrina de ese criminal. Las leyes que te salvan o te condenan son las mismas que han de salvarme o condenarme a mí. Y al resto de la familia, por cierto.

¿Cuántas veces le habrán reprochado a nuestra abuela el hecho de ser su madre? ¿Cuántas veces se lo habrá reprochado ella misma? «Cargarás para siempre con el estigma de haber engendrado a un asesino y un traidor. Estás marcada», le dijo un antiguo compañero del Partido al verla un día en la calle. Eso me contó ella, bañada en lágrimas, clamando a voces su desventura como en una obra de teatro. Espectadora lúcida a mis once años, supuse, como lo escribí esa misma noche en mi diario de vida, que algún rastro de ese estigma debía llevar en mi propia frente. Con la diferencia de que yo no conocí al asesino en cuestión, no tuve relación alguna con él, soy hija de íntegros militantes de izquierda y nací en otro país, donde fui tempranamente iniciada a un discurso político sin fallas ni concesiones, pautado por «aquello respecto a lo que no se puede transigir». Protección ilusa, falsa virtud: ¿qué mérito tengo yo en esos avatares? ¿En qué momento escogí ser la hija del bueno? ¿Cuándo decidí no querer al malo?

Por otra parte, pensándolo bien, nunca he estado al abrigo de las paradojas afectivas: no puedo negar que quise a nuestra abuela, esa mujer histriónica y extravagante que a su vez seguramente quería a su hijo, aun sin querer ya quizás quererlo. «Me mató el alma», escribió en una carta que, años después, encontré en un cajón y leí a hurtadillas, porque no me estaba destinada. Pero, a juzgar por las visitas a la cárcel que, según me enteré, le hacía con cierta frecuencia durante los últimos años de su vida, desde el fondo de su alma muerta, entre los rescoldos que a pesar de todo aún crepitarían, la madre seguía amando al hijo; no al criminal, diría ella, aunque por desgracia fueran la misma persona. Y no a causa de un supuesto instinto maternal sino porque, en el estricto ámbito familiar, probablemente fue un «buen hijo» –como fue «un buen padre», un «buen hermano» sin duda, un «buen amigo» quizás; como podría ser un «buen tío», pero eso no quiero ni pensarlo...–.

Si hubiera deseado echar marcha atrás, habría sido pues demasiado tarde. De cualquier modo, testaruda, aventurera o fascinada por tus propios enigmas, nunca tuve la intención de retroceder.

Sigo adelante, cuesta abajo, aún sin saber hacia dónde vamos. Ya no pido perdón, ya no pido clemencia. Hace tiempo que el Comandante se fue con su guerrilla a librar otras batallas; este es territorio de paz. Me planto frente a los muertos y les devuelvo su mirada abismal. ¿Traidora? Fiel a mí misma. ¿Usurpadora, metiche? Esta es mi historia, nuestra historia. Y este dolor también. Otros legislarán sobre el cariño; sin más, he empezado a quererte.

Nuestra historia

No fue sin embargo un amor liso, desprovisto de turbulencias y contradicciones. Anticipando lo que vendría, sentí rabia conmigo misma porque supuse que en algún momento iba a tener miedo de perderte. Y no me gusta verme así, tan vulnerable. Sentí angustia, porque cuando uno quiere inevitablemente sufre, y porque en una historia como la nuestra no podría ser de otro modo. Es el típico género de relatos que culminan en la muerte o en la locura. Belleza terrible. Mira lo que ocurrió con Romeo y Julieta, con Ofelia devastada por el crimen y el amor, o con los personajes de esa película que lleva por título *La doble vida de Verónica* –justamente–, almas gemelas que vivían en países distintos, a la vez ignorando y presintiendo la existencia de la otra. Alguien muere, siempre. Y aquel que por milagro se salva, termina muriendo en vida.

Atrás quedó no obstante el tiempo en que, sin conocernos, caminábamos sonámbulas al borde del precipicio. Cinco o seis años de depresión cada una (extraña coincidencia): fue suficiente, aunque secuelas menores persistan. Si la historia ha de seguir un curso fatal, que no sea sin resistencia. Como jugando, como riéndonos de la muerte, entre cerveza y cerveza nos prometemos la vida. Toma nota para nuestra novela: hoy habrá sido el día en que hicimos un pacto de no suicidio. «Ay, prima, ¡eres tan melodramática!».

No es que con eso me bastara. Había muchas otras maneras de perderte: tragedias que podrían prolongarse o repetirse, circunstancias adversas, divergencias, vuelcos, rupturas, silencios definitivos que se asemejan tanto a la muerte. Mira lo que pasó con Caín y Abel, y con toda su estirpe; o, sin ir tan lejos, con nuestros padres. ¿Cómo quererte serenamente conociendo la infinita fragilidad de las cosas? En la experiencia de nuestra familia, la lección es simple: el material de lo humano se acerca más al vidrio que al metal. No es que me bastara pues con saber que ninguna de las dos saltaría al abismo: quería todas las certezas, esas que solo se pueden extraer de una novela que ya está escrita, o que por lo menos responde a ciertas expectativas, a partir de una secuencia relativamente lógica.

Fue difícil aprender a confiar en tu permanencia, dejar de anticipar a cada paso un abandono ineluctable, un castigo quizás por haber transgredido las normas del relato y del destino. No dejes de escribirme, no desaparezcas, dame noticias, no me sueltes la mano, no te olvides de mí, responde cuando te llamo porque de otro modo pensaré que algo terrible te ha ocurrido... Perdona, soy un pozo sin fondo. Prendo un cigarro. Como la niña de los fósforos, mirando la flama del encendedor pido un deseo: que seas mi prima para siempre. –¿Te he dicho ya cuánto te quiero? –Mil veces. –Salud por eso.

Soy tu prima mayor. Quisiera protegerte, estar aquí para consolarte cada vez que tengas pena. Es ridículo: no lo necesitas y, de las dos, probablemente soy yo la menos sólida. Pero pienso que tu mochila es más pesada que la mía, aunque no estés de acuerdo. Yo solo tuve que hacer frente al rechazo de la compañera «B» en San Gabriel; y si el diálogo hubiera sido posible, habría podido decirle, con toda honestidad, que ni siquiera conozco a ese hombre. Pero tú debiste cambiar de universidad porque en la entrevista de admisión la directora reparó en tu apellido y, respondiendo a la pregunta que entonces te hizo, le dijiste, con toda honestidad también, que sí, era tu padre y que lo visitabas de vez en cuando. Ese incidente, se me ocurre, es solo uno entre muchos otros, menos explícitos tal vez: ciertas miradas en torno a ti, actitudes reticentes, gestos de desconfianza a los que tanto te acostumbraste que terminaron por pasar inadvertidos a tus ojos. ¿Cuántas veces tú misma habrás anticipado con zozobra el momento en que alguien te preguntaría, en medio de cualquier velada y solo por lanzar un tema de conversación, quién es tu padre, en qué trabaja, dónde vive?

La hija de víctima quiere proteger a la hija de victimario. Nunca se ha visto algo semejante. Pero esta es nuestra historia, y es así.

El otro

Llegando al cuartel, se bajó del auto. Iba sentado en el asiento del copiloto, y durante el camino se fue contemplando por la ventana, con una atención forzada, los árboles que desfilaban, los postes de luz, los edificios, las aceras, los pocos transeúntes que comenzaban a circular a esas horas de la madrugada. Ni el chofer ni el segundo pasajero hablaban, pero el ruido del motor hacía el silencio menos denso. La ciudad le parecía extraña, como si en el espacio de unas horas hubiera perdido el alma, o como si entre él y las cosas se hubiera interpuesto un velo. Trataba de no recordar la escena, de no escuchar los gritos que aún resonaban en su cabeza, de no pensar en los rostros tumefactos por la tortura, en los tres cuerpos tendidos, en la sangre que mojaba la tierra. Trataba, sí, pero en vano, intuyendo que esas imágenes lo perseguirían para siempre; durante la vigilia, en sueños, adondequiera que fuera, en toda circunstancia. Intuía también que, llegado a este punto, no había vuelta atrás. «Estás del otro lado», se dijo. Ya no en la zona donde, a pesar de todo, aún es posible salvarse. Del otro lado, plenamente. Definitivamente. «Ahora sabes lo que es el horror».

Al bajarse del auto, quiso prender un cigarro. Pero sintió náuseas. Contuvo unas cuantas arcadas. Antes de ir al lavatorio abrió la cajuela en la que habían transportado a dos de los presos y sacó el corvo. Lo limpió meticulosamente con un retazo de tela que había servido de venda. Ese corvo, regalo de uno de sus superiores, había sido para él un trofeo. Solo ahora aparecía ante sus ojos como un arma de verdad. Reluciente, amenazante. Habría sido más fácil, y menos cruel, usar una pistola. Eso le dijo al comandante; desde el principio le advirtió que no era buena idea recurrir a ese método. Pero el otro insistió: el crimen tenía que ser ejemplar. Sangriento, emblemático, en un lugar relativamente frecuentado para darle la visibilidad necesaria; en las afueras de la ciudad, por ejemplo, cerca de un fundo, de modo que al poco tiempo algún campesino encontrara los cadáveres.

Se dirigió a la oficina para colocar el arma en su lugar habitual. El espacio que le estaba destinado le pareció insoportablemente vacío; la pieza entera había perdido un cierto equilibrio en torno a ese punto nodal. Se apresuró entonces a remediar tal carencia. Colgado de un clavo en la pared, el objeto recobró su estatuto de trofeo, más reluciente que amenazante. La oficina volvió a ser la de siempre.

Una vez restablecido el orden, podía lavarse las manos. Lo hizo también metódicamente, frotándolas con insistencia. Se inclinó en el lavabo para mojarse la cara, y al enderezarse evitó verse en el espejo. En el pasillo su colega fumaba, tiritando aún. Había sufrido un ataque de pánico al efectuar el último corte, de modo que otro agente tuvo que concluir la labor. Él había esperado en el auto, a unos pocos metros, siendo espectador del operativo. Ya que proporcionó el arma e hizo entrar a los presos en la cajuela, fue dispensado de intervenir directamente en la acción —«por suerte», pensó, aliviado, cuando el comandante distribuyó las tareas—.

Se despidió de los agentes y del colega que tiritaba, orgulloso de su propio autocontrol, cualidad tan admirada en él. Podría estar sometido a una presión extrema sin que un solo gesto revelara la más mínima emoción. Ahora mismo, en la calle y luego en el metro, iba repasando obsesivamente cada detalle de lo que había presenciado, mientras su rostro permanecía impávido ante los demás pasajeros. Al reparar en ellos, tuvo la impresión de haberse vuelto radicalmente extranjero, como si el vínculo que hace a un hombre semejante a otro se hubiera roto. Como si, bifurcando en un punto preciso, se hubiera exiliado de la especie humana. Pobre gente ilusa, que no sabe, que no ha visto, que ni siquiera imagina lo que hay en este otro lado.

Miró la hora en su reloj: casi las siete de la mañana. Calculó que al llegar a la casa su esposa estaría despierta. Preferiría que no. Pocas ganas tenía de saludarla, de cruzar con ella aunque fuera unas palabras, de jugar, sumergido aún en el infierno, el rol del marido afectuoso.

Subió las escaleras del edificio contando los peldaños. Veinte, efectivamente; todo en orden aquí también. Se detuvo frente a la puerta y esperó unos segundos antes de abrirla. En la sala, su mujer le daba de comer a su hija. Al verlo, la niña le tendió los brazos, sonriendo. «Mira quién está aquí: el papá viene llegando del trabajo», le dijo la mamá. Él dudó un momento. Intentó, una vez más, no pensar en la escena: los gritos que seguían resonando en su cabeza, los rostros tumefactos por la tortura, los tres cuerpos tendidos, la sangre que mojaba la tierra. Y lo intentó con tanto esfuerzo que algo se escindió en él, muy adentro. De pronto, se sintió *otro*.

El papá tomó a la hija en sus brazos. Le dio un beso. La llamó «mi nena», «mi princesita». Le acarició el pelo con infinita ternura: la niña más hermosa del mundo, la única, la más querida. Cortaré para ti un ramo de estrellas, te cantaré al oído una canción.

El *otro* permaneció en silencio, observándolos desde el umbral de la puerta. «¿Qué le dirás cuando crezca y te pregunte?», lo interpeló el uno, con la hija todavía en brazos. «Que no tuve opción, que no fue mi idea ni mi culpa, que yo no participé, que simplemente me quedé en el auto», respondió el *otro*, antes de volver al cuartel.

El derecho a la palabra

Entrevistar a esa niña, ahora adulta, que es su prima, no figuraba en la lista. En ningún lado estaba escrito, como sabemos: fue su descubrimiento conjunto, su propia invención. Descubrimiento de un *alter ego* insospechado, invención de una historia que en adelante sería la suya —nuestra historia, prima, nuestra historia: hay tanto por escribir—. Se prometen la vida, se prometen el cariño, la ternura. Y se prometen, «cueste lo que cueste», la verdad.

Acompañada por Camila, *yo* prosigue su investigación.

¿En qué estábamos...? ¿Entrevistar al tío del que no se hablaba? «*I would prefer not to*». El veredicto había sido pronunciado: simple, claro, directo. Sin embargo, no era tan claro ni tan directo como podría haber sido: «prefiero que no»; me duele, me mata incluso, pero mi preferencia no es necesariamente la tuya. No era una prohibición absoluta; o bien sí lo era, pero bajo el disfraz de una afirmación ambigua. *Yo* se aferra a esa ambigüedad: «*I prefer, you prefer, he/she prefers...*». Imagina que hay circunstancias en que las inclinaciones de los unos no coinciden con las de los otros. Imagina que ella misma llega a un punto en que puede decirse: a nadie le debo nada, y puedo hablar con quien yo quiera; hasta el peor criminal, el monstruo más temible en la historia de un país, tiene derecho a la palabra, e incluso yo, la más rezagada de las rezagadas, tengo derecho a escucharlo. Desde luego, en el ámbito público es distinto: la libertad de expresión termina ahí donde comienza la verdad histórica, y esa frontera permite evitar que los negacionistas extiendan su veneno. Pero, en la esfera privada, se dice, el derecho a la palabra sigue siendo nuestra mayor conquista. Considera pues la posibilidad de entrevistar al *tío del que no se hablaba*, aventurándose así en el último arcano de la posmemoria, de su posmemoria.

Reflexiona al respecto, largamente. Lo conversa con sus amigos más cercanos, quienes le dicen que es una locura: no se puede dialogar con psicópatas. Lo conversa con Susana, quien le advierte: te vas a meter en problemas, no sabemos cuánto poder tiene todavía; es el portavoz de los criminales condenados, vas a abrir una puerta que después no podrás cerrar. Lo conversa consigo misma: vas a traicionar a los tuyos, tu familia nunca te lo perdonará. Lo conversa con Camila: si quieres ir a verlo, anda, pero que sea por ti, no por mí.

Su decisión está tomada. No sin dudas, no sin temor. Para apoyarla, la amiga del amigo de una amiga le propone discutir con la compañera «H». Sobreviviente de un centro de detención y tortura, viuda de un detenido desaparecido, irreprochable militante por los derechos humanos, es una excelente referencia en materia de diálogos prohibidos. Hace algunos años, comprometida con las familias de otros desaparecidos, esa mujer se propuso entrevistar a un famoso torturador (tan famoso como El Fanta). Ese individuo no era un desconocido para ella: estando presa, él fue quien la torturó.

Condenado a cadena perpetua tras el retorno de la democracia, se encontraba para entonces en la cárcel. Orientando estratégicamente la conversación –pensaba ella–, quizás revelaría informaciones sobre el destino de algunos cuerpos. La iniciativa le valió encarnizadas críticas por parte de sus propios compañeros: *«Es una locura; no se puede dialogar con psicópatas»*. Peor aún: «Le estás haciendo concesiones al campo adverso; le estás dando a esos monstruos un derecho a la palabra que las víctimas no tuvieron». A pesar de todo, persistió en su decisión, aconsejada y entrenada por especialistas en la «psicología de los perpetradores».

Su iniciativa no dio los resultados esperados: el sujeto aceptó recibirla, pero se cuidó de proporcionarle cualquier tipo de pistas potencialmente útiles a la investigación, aun cuando esos datos no lo inculparan ni agravaran su situación penal –lo cual, en este caso, no era el objetivo–. De cualquier modo, la compañera «H» luchó hasta el final por la palabra: signo último de nuestra pertenencia a una misma especie.

Diálogos prohibidos

La compañera «H» acepta encontrarla. El día acordado, *yo* acude a la cita con algunos minutos de adelanto. Sentada en la terraza del café, la ve llegar de lejos. No la conoce, pero sabe que es ella. Jovial, radiante, lleva lentes de sol y una blusa roja. Tiene alrededor de sesenta años. Es el tipo de mujer frente a la cual las chicas jóvenes deben decirse «cuando sea grande quiero ser como ella». La saluda de beso, sonriendo. Toma asiento.

–Qué les sirvo? –pregunta el mesero.

–Un jugo –responde la compañera.

–Un jugo para mí también –dice *yo*–.

–¿Piña, naranja o durazno?

–Durazno.

–Durazno para mí también.

–¿Con o sin hielo?

–Sin hielo.

–Sin hielo para mí también.

Se miran durante algunos segundos. Es la compañera quien rompe el silencio, siempre sonriente: «¿Es la primera vez que vienes a Chile? ¿Cuándo llegaste? ¿Hasta cuándo te quedas?».

El preámbulo no es largo. La compañera está al tanto del asunto: la amiga del amigo de la amiga la previno. Lo primero –dice– es saber por qué quieres hablar con ese hombre».

¿Por qué quiere hablar con ese hombre?

Buena pregunta.

Tras un momento de reflexión, *yo* se escucha responder: «Y bien, porque me parece que, en el trabajo de memoria llevado a cabo por los sobrevivientes mismos o por las generaciones siguientes, es importante conocer los mecanismos que condujeron a las personas como él a hacer lo que hicieron. Es Theodor Adorno quien lo dice: "Las raíces del crimen han de buscarse en los perpetradores". Confrontándome directamente a uno de ellos, y tratando de analizar su discurso gracias a las herramientas de las cuales dispongo, me gustaría contribuir, modestamente, a esa labor de largo aliento».

Sonríe, satisfecha de su impecable argumentación.

«¿Es todo?», pregunta la compañera. «Bueno, sí, eso creo... No sé...».

Quisiera encontrar razones aún más nobles o, mejor, motivos políticos tan potentes como los que en su momento llevaron a esta mujer a asumir la misión de entrevistar a su propio torturador. Ciertamente, supone que El Fanta no ha dicho todo y que oculta informaciones potencialmente útiles si no para encontrar cuerpos, al menos para esclarecer las circunstancias de algunas desapariciones

–la del compañero «V», por ejemplo–. Pero sabe que las posibilidades son nulas de que le revele algo en este primer encuentro, que será también el último: no tiene la intención de volver a verlo. Reflexiona aún, tratando de elucidar sus motivaciones profundas, las cuales, sospecha, no son ni nobles ni heroicas.

«Mmmh... Es cierto que también está este deseo..., este deseo que tengo... de saber, de entender... Una suerte de curiosidad malsana», confiesa, avergonzada.

«Esa razón me parece suficiente –afirma la compañera–. Olvida el resto. Lo haces antes que nada porque quieres y no porque debes hacerlo. Y no tienes por qué justificarte. Si quieres saber, estás en todo tu derecho. Es la historia de tu familia, te concierne también».

Yo escucha esas palabras con alivio. Había recurrido a argumentos semejantes buscando legitimar su propia investigación, pero, en boca de una sobreviviente, adquieren más fuerza: se tornan verdaderos.

«¿Hay algo en particular que te preocupe en torno a ese encuentro?», pregunta la compañera.

Oh, sí, una cosa por sobre todo. Un problema que la perturba y al que no deja de darle vueltas. En realidad, había pensado vagamente en ello desde el principio, desde la tarde en que le anunció al padre que le gustaría ir a la cárcel para visitar al tío, o incluso antes. Entre las personas con quienes compartió su delirante proyecto, nadie la previno contra ese peligro que le parece no obstante más grave que cualquier otro. La locura, la maldad, las tentativas de manipulación, las eventuales amenazas: se siente preparada para enfrentarlas. Pero he aquí lo que más teme: a pesar de aquello que ha leído y escuchado, supone, o más bien sabe, que en esa cita no se encontrará con el monstruo que la gente imagina. Se encontrará frente a un hombre, simplemente. Un hombre que, además, es su tío –y el padre de su prima–.

«Con eso –dice– no sé cómo lidiar».

Le teme a su humanidad mucho más que a su monstruosidad. Teme entrar en empatía con él. Aunque no lo quiera, aunque no deba. ¿No quiere? ¿No debe? Eso también es cuestionable. Únicamente los torturadores están desprovistos de empatía. No experimentarla en lo más mínimo equivaldría pues a asimilarse a ellos; al mismo tiempo, sentirla supondría ser capaz, por un instante, de ponerse en su lugar, lo cual, a fin de cuentas y por caminos distintos, conduce a lo mismo.

No es solo una cuestión de afectos. También está el fenómeno, más abstracto pero igualmente perturbador, de la proximidad inherente al diálogo, ya que no será un interrogatorio ni un proceso jurídico. Teme el momento en que advertirá que ella y su interlocutor tienen algo en común: el parentesco, desde luego, pero también ese sustrato que hace posible el intercambio a través de la palabra y que, tarde o temprano, la obligará a adoptar el punto de vista del otro, aunque sea para refutarlo.

«Es totalmente cierto —reconoce la compañera—. En circunstancias distintas, lo más difícil para mí fue hacer frente a esas paradojas». Hace una pausa para tomar un sorbo de jugo. «No tengo respuesta a esas preguntas y no creo que la haya. O más bien, la respuesta es que cada cual tiene que encontrar su propia respuesta, sin preocuparse por lo que se debe hacer o no hacer en este tipo de situaciones». Toma otro sorbo. «La mayoría de esos criminales son seres humanos como cualquier otro. De ahí que las demás personas prefieran mantenerlos a distancia, considerándolos monstruos. Eso las tranquiliza. De lo contrario, se verían confrontadas al hecho de que todos somos potencialmente capaces de cometer semejantes atrocidades, lo cual es terrible: como verse a sí mismo a través de un espejo deformante».

Repentinamente, las palabras de la compañera adquieren un alcance insospechado; su experiencia se vuelve universal.

Le toma la mano. «Es tu tío —afirma—. Vas encontrarte con él por primera vez. Eres libre de reaccionar como te nazca. Uno no traiciona por lo que siente. La empatía no te vuelve menos comprometida». Al contacto de esa mano, una ola de emoción emerge con violencia, y luego se retira. *Yo* saca un pañuelo para secar los restos. «Entiendo –dice–, pero tú conoces la historia». La compañera la conoce en detalle, a través de todas las versiones que circulan. «*Existir a pesar de la traición, puede ser; gracias a la traición, es insoportable.* Me pregunto por ejemplo si, al momento de saludarlo, debo agradecerle o escupirle en la cara. O bien escupirle primero y luego agradecerle».

«Ya verás estando ahí», responde la compañera. «¿Algo más?». No, todo está claro.

Ah, sí, una cosa más: gracias.

¿Estás lista? Estoy lista. *Yo* está lista –casi–.

El «síndrome del conflicto ético»

La cita con *el tío del que no se hablaba,* ese traidor odiado por todos, está concertada. *Yo* no se había preguntado si querría o no recibirla, pero suponía que sí. Y, Camila siendo la mediadora, acepta. Planean ir las dos juntas.

El día antes del encuentro, la somatización está en su paroxismo: le arde la garganta, le duele el estómago como el día de su intervención frente a los colegas de Valparaíso, *le tiemblan las manos, su pulso se acelera, su corazón late con fuerza, le falta el aire, la cabeza le da vueltas.* Todo al mismo tiempo, más que nunca.

Camila le aplica compresas de agua tibia sobre la frente. La hace tomar una aspirina. Le prepara un caldo de pollo, le da un té de manzanilla. Pero nada surte efecto. *Yo* reconoce la sintomatología. No es algo nuevo, solo más fuerte que de costumbre. Formula un diagnóstico: «Síndrome del conflicto ético». Todo colisiona –decir o no decir, hacer o no hacer, transgredir u obedecer–, todo se atora en todos lados. Le comparte a Camila su hipótesis. Buscan en Internet: ninguna referencia. Ese síndrome debe existir, sin embargo: he aquí la prueba, flagrante.

Beben una cerveza. *Yo* se relaja poco a poco. Beben un par de cervezas. Llora a gotas, luego a ríos, luego a mares. Perdón. *Perdón a los padres, perdón al abuelo, perdón al mundo entero por lo que ha hecho, por lo que hará, por lo que no ha hecho... Perdón. Perdón. Perdón.* Camila trata de consolarla como puede. La ausculta y confirma: «Síndrome del conflicto ético». Beben varias cervezas. *Yo* se hunde en el sillón; los muebles y los objetos se balancean en torno a ella; hacia la izquierda, hacia la derecha, hacia arriba, hacia abajo, rítmicamente —«más liviano que un corcho dancé sobre las olas que se llaman eternas portadoras de víctimas»[21]—. Beben muchas cervezas. Los muros pierden solidez, la pieza comienza a dar vueltas —«y desde aquel entonces me bañé en el Poema lactescente del Mar, por astros penetrado»—. Beben demasiadas cervezas. *Yo* se dirige hacia el baño, tambaleándose —«el sollozo del mar calmaba mi rolido y subía hacia mí sus amarillas flores y yo era una mujer, de rodillas caído»—. De rodillas, sí, frente al retrete, vomita el alcohol, el caldo de pollo, la aspirina, el té de manzanilla. Vomita el llanto, la pena, la angustia, los recuerdos —los suyos y los ajenos—. Por la boca, por la nariz, por los ojos, expulsa, como la Princesa Montonera, la Historia, la H-I-S-T-O-R-I-A, con todas sus letras, hasta quedar completamente vacía. Qué alivio. A tientas, abre el grifo y deja correr el agua sobre su rostro —«el agua verde entró en mi casco de pino y dispersó el timón y lavó mis maderas de vómitos y manchas azuladas de vino»—. Vuelve luego a la sala. «Me siento mejor», dice, resucitada —«¡tanto lloré!»—. Pasó la crisis; la mar está nuevamente serena.

—¿Estás segura de que quieres ir? —le pregunta Camila.

—Sí.

—¿Estás segura de que lo haces por ti y no por mí?

—Sí.

Arrullada por las olas, *yo* cae en un letargo sin sueños. La noche será corta.

---

[21]   Arthur Rimbaud, «El barco ebrio» (1871).

Camino a Tiltil

Al día siguiente, una amiga pasa a buscarlas por la mañana para conducirlas hasta la cárcel de Punta Peuco. Con resaca y los ojos hinchados, *yo* está lo más tranquila que podría estar en estas circunstancias. Y está, sobre todo, decidida. No obstante, al cabo de algunos minutos, una preocupación le surge: al escuchar su apellido, los guardias de la entrada se darán cuenta inmediatamente de que tiene un vínculo de parentesco con el detenido. Considerando la celebridad de ese hombre, teme que la información se vuelva pública. Ya está viendo la noticia publicada en los periódicos —«La sobrina del Fanta fue a visitarlo»—, con el análisis político correspondiente —«¿Acercamiento entre los dos campos? ¿Las víctimas se asocian con los victimarios?»—. Se lo comenta a Camila. «Esas personas no son muy inteligentes, ¿sabes? —le responde ella—. Seguramente los guardias ni siquiera se van a percatar de que llevas el mismo apellido que él. Y si te preguntan, puedes decir que es pura coincidencia».

El trayecto de Santiago a Tiltil, donde se encuentra la cárcel, dura alrededor de cuarenta minutos. *Yo* no quiere saber cómo es la ciudad: cierra los ojos, esperando que al llegar se hayan deshinchado un poco. Evita anticipar los detalles del acontecimiento: «*Ya verás estando ahí*». Pero sí pasa revista del «marco ético» que ha decidido imponerse: no hablar de su núcleo familiar; no ceder a la tentación de un intercambio «amistoso», como si se tratara de un encuentro cualquiera; hacer todas las preguntas que se le ocurran, por muy incómodas que sean para su interlocutor. Es bastante. De modo general, y sin duda a causa de su paso por la escuela jesuita, tiende a ser demasiado «bien educada», demasiado correcta, plegándose siempre a las expectativas de los demás para darles el gusto. Habrá que ser firme y sobre todo «poco amable»: es su última trinchera. Camila lo sabe y lo respeta: «Si quieres escupirle en la cara, lo puedes hacer también. Yo me mantendré a distancia. Esto no concierne más que a ustedes».

Una vez repasado el marco ético, medio dormida, *yo* pronuncia interiormente la palabra «Tiltil». Centelleante, parece el nombre de una estrella. Cuando era niña, su padre cantaba *El cautivo de Tiltil*, de Patricio Manns. Esa canción cuenta la historia de un guerrillero que luchó por la independencia de Chile y que un día fue capturado por los soldados. Camino a la cárcel donde habría de ser encerrado, uno de sus captores le disparó por la espalda. En Tiltil, justamente. El nombre del guerrillero era Manuel Rodríguez. Manuel, como Manuel Guerrero, el degollado. Es curioso... En el umbral del sueño, la melodía vuelve de lejos, junto con la letra.

Manuel Rodríguez se le aparece. *Solo sé que ausente está...* El guerrillero la mira, sonriendo... *Que lo llevan los soldados.* Su rostro es el de Manuel Guerrero. *Que amarrado a la montura...* Detrás de él, un soldado toma el fusil... *La tropa lo aleja de su general.* Coloca el arma contra su hombro. *Solo sé que el viento va...* Alinea su ojo derecho con el alza y el punto de mira... *Jugueteando en sus cabellos. Yo* reconoce ese ojo, un poco taciturno. *Y que el sol brilla en sus ojos...* Un poco abismal... *Cuando lo conducen...* Es el ojo de su tío... *Camino a Tiltil.*

En la prisión dorada

La vista de Punta Peuco es clara y directa: nada más hay en varios kilómetros a la redonda. Nada, salvo los arbustos y los espinos –como en Quilicura, que por cierto se encuentra a cuarenta kilómetros hacia el sur–. El edificio no deja lugar a dudas: una muralla de varios metros de altura, coronada por un alambre de púas y un gran mirador. *Yo* lo percibe de cerca, porque solo abre los ojos cuando Camila le anuncia: «Llegamos». Punta Peuco, cárcel de alta seguridad.

Bajan del auto. *Yo* toma la mano de su prima. «*¿Estás lista?*» Estoy lista. Yo *está lista... Casi*: tiene ganas de ir al baño. «Ya veremos estando adentro», dice Camila.

Se encuentran ahora en la recepción. Después de algunos minutos de espera, la mujer que hace de guardia las hace entrar en una oficina para proceder al registro. Camila está dispensada, porque ya figura en la lista de visitantes. «Nombre y cédula de identidad», solicita la guardiana. *Yo* le extiende su pasaporte chileno. Pronuncia su nombre y su apellido, temerosa. La carcelera toma nota. «¿Cuál es su vínculo con el detenido?». *Yo* mira a Camila. «Soy una amiga...», dice. La mujer toma nota de nuevo. Pasó *piola*: el registro está hecho.

Los nuevos visitantes no pueden acceder al recinto antes de las dos de la tarde. Por lo tanto, Camila entrará primero, *yo* la esperará afuera con la amiga que las condujo y al cabo de dos horas la prima saldrá a buscarla. Ese es el plan. Entretanto, afuera, *yo* y la amiga buscan el baño, pero no lo encuentran. *Yo* no quiere preguntarle a la guardiana; prefiere que olvide su presencia. Ya veremos más tarde. Todavía puede aguantar. Fuma un cigarro, dos, tres, seis...

El tiempo pasa rápido. Camila sale. La amiga se despide con un abrazo —«suerte, queridas»— y parte de regreso a Santiago. Llegando al control de seguridad, *yo* ve pasar a una mujer muy elegante, seguida de dos niños: debe ser la esposa de algún militar de alto rango. *Yo* no desea saber cuál. Se esfuerza por no pensar en los presos que están ahí adentro: personas infames, criminales que han cometido las peores abominaciones. Gracias a la ley de amnistía, las reducciones de pena y los indultos de los que han beneficiado, cada vez quedan menos en este lugar. Ninguno de ellos ha mostrado arrepentimiento.

Las medidas de seguridad no son más estrictas que en el aeropuerto. No hay revisión de carteras ni palpaciones. Se dejan los teléfonos celulares y otros objetos prohibidos en la consigna, y se pasa por el detector de metales. Ambas atraviesan la puerta de entrada. Aquí estamos: *Punta Peuco, prisión de alta seguridad*. Un guardia las saluda amablemente. *Yo* mira al suelo; se concentra en su marco ético... y en estas ganas, ahora tremendas, de ir al baño.

Atraviesan un corredor y dan vuelta a la derecha para acceder a un refectorio. Nadie hay adentro. Salen al jardín. Los reos están ahí. Hacen asado con sus familias, como en un centro vacacional: es domingo y el tiempo está espléndido. *Yo* evita mirarlos. Primero, porque teme profundamente distinguir el rostro de alguno de los torturadores cuyos retratos conoce bien. Segundo, porque no quiere que la miren de vuelta: no ver para no ser vista. Desearía volverse invisible.

Al fondo del jardín vislumbra una suerte de cabaña. «Es la biblioteca», le dice Camila. Hacia allá se encaminan. De pronto, la puerta se abre. Un hombre sale. Se acerca. Es él: El Fanta, el traidor, el criminal. *El tío del que no se hablaba.* Su tío. «Tu tío», se dice *yo*, como para asimilarlo, para tranquilizarse o para atenuar el asombro... porque el tío le tiende los brazos. Apenas tiene tiempo de reconocerlo, de confrontar en su mente las fotografías que ha visto en Internet con la imagen de este hombre como cualquier otro —no grande, no imponente, no amenazante, un poco viejo—. y de reflexionar a toda velocidad sobre lo que conviene hacer según su marco ético. En ese instante en que miles de pensamientos desfilan, recuerda las palabras de la compañera «H»: «Eres libre de reaccionar como te nazca. Uno no traiciona por lo que siente». Pero ¿un abrazo? ¿Se puede traicionar por un abrazo? Al mismo tiempo, rechazar ese gesto en América Latina es casi tan grave como escupirle en la cara a alguien —cosa que, finalmente, no tiene contemplado hacer—.

Decide entonces ceder y resistir a la vez. Todo se juega en los matices: acepta el abrazo, pero será el más frío que habrá dado en su vida. Él lo percibe, y está bien; es necesario que lo perciba. Está sin embargo visiblemente, auténticamente, conmovido. Esa emoción que pasa por la mirada, por los pequeños gestos y tensiones del rostro, por una manera de estar ahí, en este momento, es lo que ella más temía. La puerta abierta a la empatía. «Estoy muy contento de conocerte», dice él, y ella le cree. Le gustaría que no fuera cierto, que estuviera mintiendo, que en realidad tuviera reticencias, o que este encuentro le fuera indiferente. Pero sabe que es verdad. Quizás ella también está conmovida. No «contenta», pero sí conmovida, atravesada por sentimientos que le costaría identificar y, sobre todo, admitir. «Te pareces tanto a mi hermana», agrega él. De nuevo, es verdad: siempre se lo han dicho, al punto que algunas personas creían que no era la hija de su madre sino de su tía.

Las invita a entrar a la biblioteca. *Yo* mira a su prima, suplicante, incómoda. Camila le dice a su padre: «Necesita urgentemente pasar al baño». Él le propone ir al de su habitación, acompañada por Camila. Entran en el refectorio y dan vuelta a la izquierda. Los cuartos están dispuestos a lo largo de un corredor. Como en un hotel. En la pieza hay dos camas, dos veladores, dos estantes y una mesa. Como en un hotel. *Yo* se precipita hacia el baño. Antes de salir de la habitación, distingue sobre la mesa, al pasar, el retrato de una mujer bajo el cual figura una inscripción escrita a mano: «Para Basclay Zapata». Es el compañero de cuarto de su tío. Reconoce ese nombre: se trata de un torturador de Villa Grimaldi conocido por su brutalidad. Lo apodaban El Troglo, abreviación de «troglodita» –término mal escogido: ¿qué culpa tienen los trogloditas?–, porque acostumbraba violar a las detenidas.

Cara a cara con el diablo

De regreso en la biblioteca, el tío las invita a sentarse. Es un lugar modesto; sin duda el más modesto de esta cárcel. El suelo es de tierra y los estantes de metal. Adentro está fresco; les propone tomar un té. «Un té… –piensa ella–. ¿Se puede traicionar por un té?». Seguro que no. Acepta, pues.

Una vez instalados, *yo* mira a ese hombre con detenimiento. No es delgado pero tampoco gordo; su cuerpo corresponde a su edad, con una barriga naciente y algunas flacideces aquí y allá. Tiene el pelo cano, entradas no demasiado prominentes, arrugas alrededor de los ojos, y cuando sonríe deja ver el hueco de una premolar superior ausente. Sacó la nariz de la abuela –qué suerte la suya–; pequeña, recta, bien proporcionada. Sus ojos almendrados tienen un aire de familia incontestable, de modo que, si *yo* se focalizara en la parte superior de su rostro, podría reconocer en él al padre o al abuelo. Pero evita hacerlo. «Abuelo, este es tu hijo mayor, al que nunca más volviste a ver», podría decir(se) para sus adentros. Pero, intentando protegerse, también evita hacerlo.

Es ella quien comienza la conversación –por supuesto: *tiene que marcar su posición desde el principio*–. Lanza su diatriba, cuidadosamente preparada:

–Tú sabes, no puedes no saber, las implicaciones que tus actos tuvieron para mi familia, nuestra familia. Para mi abuelo –tu padre–, para mi padre –tu hermano–, para mi madre –tu cuñada–, para mi tía –tu hermana–. Es por tu culpa, por lo que hiciste, que nunca volvieron a este país. Los obligaste a cargar, a ellos y a todos nosotros, con el estigma del crimen. Si vengo a verte, siendo la primera y la única que ha tomado y tomará esta iniciativa, no es para festejar este encuentro, como si nada hubiera pasado. No te hablaré de mi familia; ninguna información te daré al respecto. No quiero que hablemos de los demás, sino de ti. Necesito saber, entender, escuchar de tu boca explicaciones sobre lo que ocurrió.

«¿Así está bien?», se pregunta, temiendo no ser lo suficientemente «poco amable». Busca en el fondo de sí misma rabia, resentimiento o algún afecto de ese tipo que le permita mantenerse firme frente al diablo. Pero no encuentra sino pena –no te hundas en ella. En ese caso, es mejor no sentir nada: ningún patetismo, ¡ningún patetismo en estas circunstancias!–. Deja pues de lado toda emoción para aferrarse al razonamiento, a la lógica objetiva de la «verdad» a la que aspira.

–Te contaré lo que pasó –replica él–. Pero esto no puede ser un interrogatorio. Quiero saber cómo están mi hermano, mi hermana, mis sobrinos; cómo fueron los últimos años de vida de mi padre.

Yo está acorralada. «Esto no puede ser un interrogatorio»: tiene razón. ¿Qué hacer entonces? ¿Rechazar el diálogo? ¿Emprender la retirada y decirle adiós después de haberle dado «poco amablemente» las gracias por este breve encuentro? De nuevo cede, y resiste a la vez: «De acuerdo. Tú me harás preguntas, yo responderé. Y luego será mi turno».

Trato hecho.

—¿Cómo están mi hermano, mi hermana y mis sobrinos? —pregunta él—.

—Bien.

—Supe que uno de esos sobrinos estuvo enfermo hace algún tiempo.

—Sí.

—¿Se mejoró?

—Sí.

—Qué bueno... ¿Cómo fueron los últimos años de vida de mi padre?

—Difíciles.

—Creo que pensaba venir a Chile...

—Sí, pero falleció antes de que el viaje se concretizara. Tenía pensado venir a verte. Nunca entendió lo que había pasado; esperaba explicaciones de tu parte.

Silencio.

«Ahora me toca a mí», afirma *yo*. En relación con las reglas de un diálogo correcto, está haciendo trampa. Sabe que está haciendo trampa. Pero no puede arreglárselas de otro modo.

—Quiero conocer —dice ella— las razones que te llevaron a darte vuelta, a traicionar, y luego a seguir colaborando con el campo adverso.

Él repite el guion que ella conoce bien, aquel que había pronunciado frente al entrevistador del canal de televisión sudamericano: «Fui secuestrado junto con otros militantes, y hasta ese día traté de proteger a mis compañeros. Después mi detención...», etcétera.

«Supongamos que fue así. Gracias por lo que me toca —piensa ella, sin decirlo—. Si acaso es cierto que te debo la vida, es una deuda bastante engorrosa...».

—Pero, con el paso de los años –dice, ahora sí–, tu colaboración se volvió voluntaria; te sumergiste en ella hasta llegar al crimen.

Entonces comienza el forcejeo.

El negacionismo en acción

> *Frente a un Eichmann real era preciso luchar con la fuerza de las armas y, de ser necesario, con las armas de la astucia. Frente a un Eichmann de papel hay que responder con el papel. [...] Al hacerlo, no nos situamos en el terreno en el que se ubica nuestro enemigo. No lo «discutimos», sino que desmontamos los mecanismos de sus mentiras y sus falsedades, lo cual puede resultar metodológicamente útil para las nuevas generaciones.*
>
> Pierre Vidal-Naquet, *Los asesinos de la memoria*, 1987.

Para empezar, El Fanta recuerda que en aquella época había en Chile un «conflicto armado», una «guerra» entre dos bandos que se disputaban el poder. El proyecto de una vía democrática hacia el socialismo se había derrumbado, y no quedaban más que ambiciones e intereses que obedecían, en lo que a la izquierda respecta, a las órdenes de la Unión Soviética.

[Estrategia negacionista bien conocida: la reinterpretación de los hechos, sobre la base del complotismo].

—No vale la pena explayarte al respecto –le dice *yo*–. Lo que estás sosteniendo es la teoría de los dos demonios, aquella que, basada en la hipótesis de una «guerra» entre dos adversarios en igualdad de fuerzas, permitió a los golpistas justificar sus crímenes. Según ellos, habrían hecho lo que hicieron para «salvar a la patria» y proteger al país de un enemigo sumamente poderoso, comandado por el comunismo internacional. Sin embargo, se sabe que los militantes de izquierda, que apoyaban a Allende, no tenían armas –con excepción de algunos grupos de resistentes, primero del MIR y luego del Frente

Patriótico Manuel Rodríguez–, ya que la vía democrática que Allende concibió era por definición pacífica. La prueba es que miles de personas fueron torturadas y asesinadas sin haber podido oponer la más mínima resistencia. Y, sobre las manipulaciones internacionales, hoy en día disponemos de los documentos que demuestran la participación directa de Estados Unidos en el golpe de Estado y en la represión que vino después. Pero no voy a discutir contigo sobre este punto. No lograré convencerte, ni tú a mí. Volvamos mejor a ti mismo, a tu vuelco, a tu colaboración voluntaria.

–Y bien –responde él–, dado que las utopías habían desaparecido y ningún asidero quedaba, encontré en el bando opuesto el marco que me permitió seguir trabajando en aquello para lo cual había sido formado, en la Unión Soviética, por cierto: las labores de inteligencia. Los militares valoraron mis competencias y poco a poco comencé a adherir a sus principios, a su ideología.

Yo tiene la impresión de encontrarse frente a un autómata: un individuo entrenado para realizar mecánicamente ciertas tareas, cualquiera sea el contexto. Aquí o allá, poco importa: lo esencial es efectuarlas como se debe y ser reconocido por su eficacia. Los medios ocultan el fin. Se pregunta cómo un hombre puede transformarse hasta ese punto en un cascarón vacío, un perfecto ejecutante –¿Eichmann...?–.

–¿Acaso no estabas consciente de que tu trabajo contribuía a la eliminación de tus propios compañeros –pregunta *yo*– o a su neutralización a través de las torturas que tú mismo habías sufrido y otras peores?

–No, no estaba consciente de ello. Nunca participé en torturas. Me limitaba a hacer análisis de la situación global y a sugerir pautas de organización y funcionamiento interno. Nada más.

[Dos estrategias se perfilan: ya sea la mentira deliberada, ya sea el autoenceguecimiento. Como aquellos que Sartre llama «inmundos»].

–¿Pero no te imaginabas que tus aportes analíticos se traducían en acciones concretas: secuestros, desapariciones, asesinatos?

–No, en absoluto. Y no hay que olvidar que los miembros del Frente Patriótico también asesinaron.

–No vamos a volver sobre el tema del «poder bélico» de la izquierda y del «peligro» que representaba, sin común medida con la potencia militar de la derecha. En todo caso, me cuesta creer que no hayas estado al tanto de los crímenes que los represores cometían. Leí por ejemplo que en 1984, tras las declaraciones de Andrés Valenzuela, el torturador arrepentido, un militante fue capturado e interrogado sobre Guerrero y Parada, así como sobre la investigación que estaban realizando. Se trataba de un arquitecto. Lo llevaron a un centro de detención clandestino, pero un terremoto en Santiago resquebrajó el recinto. Lo trasladaron entonces a San Alfonso y lo encerraron precisamente en la casa de campo de nuestra familia, que tú pusiste a disposición. ¿No dimensionaste entonces lo que estaba ocurriendo? ¿No fuiste testigo de las torturas que ese hombre sufrió en esa casa, tu casa?

–No fue torturado –afirma él, con firmeza–. Solo lo golpearon en algún momento, porque intentó escapar.

[Nuevamente: ¿mentira o autoenceguecimiento? ¡Ah, inmundo! Ciertamente, al arquitecto no le quebraron la frente de un culatazo, no le quemaron las orejas, no le arrancaron las uñas. Pero detener a alguien sin una orden oficial de arresto, trasladarlo con los ojos vendados hacia un destino que desconoce, interrogarlo, golpearlo, ¿no es acaso una forma de tortura?].

Yo no cuenta con suficientes informaciones sobre ese episodio como para seguir argumentando. Hace algún tiempo había logrado entrevistar al arquitecto. El encuentro tuvo lugar en Francia, donde él vivía exiliado. Pero, en ese momento, ella había sido incapaz de formular las preguntas necesarias, las más importantes. Podría, sí, detenerse en la definición de la tortura. Sin embargo, recuerda que en estos casos, como decía Vidal-Naquet, «no nos situamos en el terreno en el que se ubica nuestro enemigo. No lo "discutimos", sino que desmontamos los mecanismos de sus mentiras y sus falsedades». Prosigue, pues.

–Y, más tarde, cuando te involucraste en uno de los crímenes más brutales de la historia de Chile, ¿seguías sin tener conciencia de lo que ocurría?

–No. En ese momento entendí. Pero no tuve opción: o participaba o me mataban.

[Otra estrategia: la justificación. «No tuve opción». ¿Cuántas veces los genocidas han recurrido a ese pretexto, en distintas circunstancias, en todas partes del mundo? «A los que ocultan su libertad total por espíritu de seriedad o por excusas deterministas», Sartre los llama «cobardes»].

–Pero, antes de llegar a ese punto extremo de tu colaboración –al día del asesinato, digamos–, ¿no tuviste la más mínima posibilidad de decidir sobre tus actos, siguiendo un camino distinto al del crimen?

–No. Ni la más mínima posibilidad. No tuve opción.

[¡Ah, cobarde!].

Es increíble, se dice *yo*. Siempre hay un margen, aunque sea minúsculo, de libre arbitrio. Es increíble...

–En última instancia, ¿no pensaste en el suicidio? –pregunta ella, convencida de que aun en las circunstancias más restrictivas, cuando se está totalmente acorralado, existe al menos la posibilidad de matarse–.

–No. El suicidio nunca formó parte de mis alternativas.

Eso, *yo* puede entenderlo. Imposible reprocharle a alguien no haberse suicidado, o haberse negado a morir como mártir. Pero lo demás...

Una barrera infranqueable

–¿Te arrepientes? ¿Tienes remordimientos?

–Sí, por supuesto.

«¡Bien! –piensa ella–, algo es algo...».

–¿De qué te arrepientes?

–Me arrepiento de haberme metido en política. Nunca debí hacerlo; solo me acarreó problemas.

¿Qué? *Yo* no puede creer lo que acaba de escuchar. Cometió un crimen, provocó sufrimientos indecibles, dejó viudas a varias mujeres, huérfanos a sus niños ¿y únicamente lamenta haberse metido en política? Si *yo* fuera psicoanalista, los mecanismos que generan ese tipo de desvíos o desplazamientos le resultarían sumamente interesantes. Pero no es psicoanalista. Y, a decir verdad, comienza a sentirse un poco desvalida. Como si, después de haber podido acceder a las regiones vivas y palpitantes de un hombre feliz de conocer a su sobrina, llegara ahora a un terreno seco e infértil; rocalloso, muerto.

Insiste, sin embargo.

–Lo que mencionas está muy lejos de los acontecimientos en los que tu responsabilidad fue mucho más importante. Puede decirse que, por esos años, en gran parte fueron las circunstancias las que orillaron a muchas personas a asumir una militancia política. Lamentas pues el contexto y no tus actos; las causas y no los efectos. Es como si, después de haber asesinado a su mujer, el autor de un feminicidio afirmara que lo que más le pesa es haberse enamorado de ella.

–Pero efectivamente eso es lo que lamento: haberme metido en política. Por lo demás, ya te dije que no tuve opción.

[La justificación, siempre, y una nueva estrategia que es del orden de la banalización: haberse involucrado en política se considera tan grave como haber cometido un crimen. Todos los actos y acontecimientos se sitúan en un plano de igualdad].

—Y, suponiendo que un día te encontraras con los familiares de las personas asesinadas, ¿les pedirías perdón? ¿Les dirías que te arrepientes de algo más que haberte metido en política?

—Hasta ahora nunca he estado en una situación de ese tipo, y no puedo anticiparla así, de modo abstracto. Si esas personas vinieran a verme, solo en el curso del intercambio podría saber qué decir. Lo mismo ocurrió con este encuentro. No hice proyecciones; desconocía lo que iba a suceder.

El muro es realmente infranqueable. La sensación es casi física: un martillo que golpea la piedra sin mellarla en lo más mínimo; un taladro que en vano percute sobre el hormigón. *Yo* podría pensar que se trata de una solidez y una densidad relacionadas con el cinismo. Algo hay de eso, quizás. Pero más bien tiene la impresión de haberse topado con un potentísimo mecanismo de sobrevivencia: aquel que permite a los criminales soportar el horror de lo que hicieron sin enloquecer o, justamente, suicidarse.

Decepcionada, aunque no sorprendida, plantea aún algunas preguntas.

—Dices que, en esa época, no sabías lo que en última instancia estaban haciendo las personas para las cuales trabajabas. Pero ahora lo sabes; conoces las razones por las cuales los demás detenidos, aquí, en esta prisión, han sido juzgados y condenados. ¿Apruebas lo que hicieron?

—No, en absoluto.

—Sin embargo, eres el portavoz de los criminales que están solicitando la conmutación de pena e incluso la libertad condicional.

—Sí, porque yo no podré salir de aquí si no salen ellos también.

—Entonces quieres que salgan, aunque hayan cometido crímenes que tú mismo condenas.

–Exactamente. No tengo opción.

–Por lo tanto, estás traicionando de nuevo.

–Probablemente. Pero tienes que saber que muchas otras personas deberían estar aquí, en nuestro lugar: altos responsables que no han sido juzgados, individuos que viven en total impunidad.

Yo piensa, sin decirlo, que eso es verdad: muchas otras personas deberían estar aquí. No en lugar de estos reos, sino con ellos. En lo que respecta a este hombre, el único civil, despreciado por los militares y odiado por sus antiguos compañeros, está claro que se trata de un chivo expiatorio. Culpable, sí –está donde tiene que estar–, pero un chivo expiatorio al fin y al cabo. Los otros responsables del caso degollados, sin excepción, se encuentran en libertad: los tres que ejecutaron el crimen –José Fuentes, Alejandro Sáez y Claudio Salazar– y los otros dos que esperaron en el auto –Patricio Zamora y Guillermo González Betancourt (general que además coordinó el operativo)–. El Fanta permanecerá aquí hasta el fin de sus días, ya que, gracias a él, el Estado puede afirmar que ha hecho justicia «en la medida de lo posible». Le conviene a todo el mundo, especialmente a los militares que nunca pondrán un pie en esta cárcel. De cualquier modo, sin duda lo mejor para él es seguir preso ya que, de ser liberado, muchos militantes de antaño estarían dispuestos a esperarlo a la salida de Punta Peuco para matarlo de un disparo: «¡Ah, inmundo, cobarde: eso es lo que se merece!».

La discusión no se prolonga mucho más. Camila –cuya presencia habrás olvidado, lector, porque había prometido mantenerse a distancia– la siguió como un partido de *ping-pong*.

Yo se dispone a despedirse de su tío. «Te voy a pedir una sola cosa –le dice él, en el umbral de la puerta–: cuando vuelvas a ver a tu padre (mi hermano), al darle un beso, piensa que soy yo quien lo besa a través de ti». *Yo* no sabe qué decir. A su pesar, siente pena, compasión, ternura incluso –¡no! ¡No! ¡Ante este hombre no se debe sentir compasión y menos aún ternura! ¡La Historia te juzgará por eso!–. Pero sí, *«uno no traiciona por lo que siente»*. Guarda silencio entonces, mirándolo por última vez.

Camino al paradero donde pasa el bus que lleva a Santiago, tomadas de la mano, las dos primas comentan el encuentro. «Estuvo rudo –observa *yo*–. Pero dije todo lo que tenía que decir. Me sorprende hasta qué punto ha reconstruido su versión de los hechos en los cuales participó: se fabricó una argumentación impecable para justificarse y tratar de persuadir a su interlocutor». «Un solo elemento está ausente cuando habla de esos temas –dice la otra–: los afectos». *Yo* toma entonces plena conciencia del contraste entre la calidez del tío y la frialdad del agente de inteligencia. Clivaje.

«Un muerto de mierda»

Dos años después, en septiembre, a unos cuantos días del cuadragésimo octavo aniversario del golpe de Estado en Chile, El Fanta falleció de COVID-19. En prisión, atendido tardíamente, cuando ya nada se podía hacer. ¿A quién le importaba, en todo caso, la vida de este sujeto? A los ojos de gendarmería, había cumplido con su misión en este mundo: contribuir a la lucha contra el comunismo y fungir como prueba del compromiso del Estado en el proceso de justicia contra los perpetradores.

Muchas personas, durante décadas, habían deseado que ese hombre muriera sumergido en la agonía más terrible: torturado, martirizado como los compañeros a los que traicionó. Pero nadie había anticipado la posibilidad real de su muerte: no así, no ahora.

Algunos se regocijaron del acontecimiento, dedicándole el «Obituario con hurras»[22] que Mario Benedetti, el poeta uruguayo, habría escrito en otra época por la muerte de algún tipo de esa calaña:

---

[22]   *Noción de patria* (1963).

[...]
Hurra
murió el cretino
vamos a festejarlo
a no llorar de vicio
que lloren sus iguales
y se traguen sus lágrimas

[...]
Vamos a festejarlo
a no volvernos flojos
a no olvidar que este
es un muerto de mierda.

«Un muerto de mierda, sí, porque este individuo –decían– delató a sus dos hermanos varones» (curioso dato, ya que solo tenía uno). «Un muerto tan de mierda –decían– que iremos a bailar, escupir y orinar sobre su tumba». «Un muerto tan pero tan de mierda –decían– que seguramente ni siquiera está muerto, porque todo esto debe ser un montaje para sacarlo de Chile y resucitarlo en otro país, con una nueva identidad».

Por su parte, la extrema derecha alzó la voz para exaltar a ese servidor de la patria, a ese personaje insigne que había dado su vida por la causa antisubversiva. «Querido amigo –le decía Loreto Iturriaga, digna hija de su padre torturador–, aún no comprendo tu partida... Hace dos días estabas bien. Trabajando por todos, te prometo concluir el proyecto que emprendimos juntos para demostrar que en Chile no hay presos por delitos de lesa humanidad».

Fue incinerado dos días después de su muerte, rápidamente, sin vituperio ni gloria, en alguna funeraria de Santiago.

Comprometida con una insólita militancia de la que hablaremos más adelante, *yo* anunció que no se expresaría al respecto. Sin embargo, una semana después, con el mismo ímpetu y coraje revolucionario de sus años mozos –¡ah, rezagada incorregible!–, se encontraba pronunciando un discurso en la fiesta del Partido

Comunista francés, la «Fiesta de la Humanidad», dentro de la carpa reservada a la conmemoración del 11 de septiembre chileno.

«Hace algunos días, mi tío, El Fanta, gran traidor y personaje emblemático de la represión dictatorial en Chile, murió en la cárcel donde se encontraba, cumpliendo condena por crímenes de lesa humanidad. Fue sentenciado, pero no expresó arrepentimiento y no proporcionó informaciones contundentes sobre los crímenes en los cuales participó. Hay quienes festejan su fallecimiento y quizás tienen razón. Pero, por mi parte, debo decir que la muerte de ese hombre me provoca, antes que nada, dolor.

«Dolor por lo que hizo, por lo que no dijo, por lo que ya no dirá.

«Dolor, porque la muerte de un hombre no borra sus actos.

«Dolor por las víctimas, por los que ya no están y que, pase lo que pase, no volverán.

«Dolor, porque los negacionistas de la "familia militar" exaltan cínicamente la figura de esos supuestos "héroes de la patria" que se van sin haber hablado o aun sin haber sido juzgados, amparándose de ella para extender su veneno.

Dolor, porque el odio sigue engendrando odio...».

«¿Eso es todo?», habría preguntado seguramente la compañera «H» al escuchar semejante arenga, sin embargo salida del alma.

No, no era todo.

Por la noche, después de esa alocución tan llena de pasiones políticas, *yo* vuelve a la casa agotada, ebria de adrenalina. Se baja de la cuerda floja sobre la que había caminado como una equilibrista, se hunde en el sillón de la sala y solo entonces, en la penumbra, se autoriza a experimentar otro tipo de afectos. Emociones íntimas que, una vez más, difícilmente podría identificar, nombrar y admitir. Avergonzada, deja salir el llanto. Como escondiéndose del mundo, llora quedito. No por el criminal −nunca, nunca por él−. Pero sí por el padre de su prima, por el hermano de su padre, por el hijo de su abuelo y su abuela, por su tío. Por lo que fue, por lo que habría podido ser. Por los recuerdos que no tiene de él. Por los momentos fatídicos en que tomó tal o cual decisión. Por el punto de quiebre, por lo irreversible. Por el instante en que le tendió los brazos, conmovido, y le dijo «te pareces tanto a mi hermana». Por el beso, ese beso de Judas que no puede, que no debe, dar en su nombre. Por el destello de humanidad que, sin desearlo, percibió en él.

Tragándose sus lágrimas, lloró «de vicio», de rabia, de indignación, de maldito cariño pudriéndose en algún lado por ese muerto de mierda al que, en otras circunstancias, habría podido querer.

Ya fuera en los hechos o en la imaginación, *tenía que ir más lejos. ¿Hasta dónde? Hasta el final. ¿Al final de qué?* Ahora comienza a saberlo: al final de las contradicciones y paradojas que atraviesan esta historia, y que la atraviesan a ella misma. Hasta esas zonas donde el arriba y el abajo, la izquierda y la derecha, el blanco y el negro, se mezclan en una masa grisácea y amorfa. «Grisácea». Justamente, podríamos llamarlas «zonas grises» –¿no es así, Primo Levi?–. Él cita como caso emblemático a los *Sonderkommandos*, aquellos judíos obligados a colaborar con las tareas de los verdugos. Dentro del campo, dice, «el enemigo estaba alrededor, pero dentro también, el "nosotros" perdía sus límites, los contendientes no eran dos, no se distinguía una frontera sino muchas y confusas, tal vez innumerables, una entre cada uno y el otro»[23].

Tratando de transponer el universo de los campos de concentración nazis a otras formas de totalitarismo, *yo* utilizó el término «zona gris» en un coloquio en París para dar cuenta de situaciones donde las paradojas generadas por la «lógica» totalitaria son tales que el juicio ético se vuelve difícil o imposible. Pero algunos policías del pensamiento entre los participantes a ese encuentro, notables por su inteligencia y enamorados de sus certezas, criticaron su «deshonestidad» al querer confundir a víctimas y verdugos. La

---

23   Primo Levi, *Los hundidos y los salvados*, traducción de Pilar Gómez Bedate, Personalia de Muchnik Editores, Barcelona, 2000, p. 16.

acusaron de blasfemia y, en el punto álgido de su indignación, le hicieron un proceso por negacionismo. Era el colmo: usurpadora, fisgona, traidora… ¡y encima negacionista!

Según los doctos *sorbonagrios*, la «zona gris» debe definirse únicamente como una estrategia de dominación de los verdugos para comprometer a sus víctimas; como «una manifestación objetiva en la estructura de los campos de concentración», y no como «un fenómeno psicológico o emocional». Sin embargo, al releer *Los hundidos y los salvados*, es fácil encontrar ejemplos que llevan a matizar o incluso a contradecir esa interpretación. Como en el caso de un SS llamado Muhsfeld, quien, sin dejar de ser un verdugo de la peor especie, de pronto se muestra vacilante, presa de una especie de compasión temerosa, ante el exterminio de una adolescente que, por milagro, sobrevivió a la cámara de gas. «Aquel único acto de piedad repentina —dice Primo Levi— es verdad que no basta para absolver a Muhsfeld, pero sí basta para situarlo por lo menos en el último borde, en la zona gris, en esa zona de ambigüedad que irradia de los regímenes fundados en el terror y la sumisión»[24]. Difícil suponer que ese momento de vacilación por parte del SS, que será condenado a muerte y ejecutado después de la guerra, remitiera a una estrategia organizada de dominación para comprometer a las víctimas, al margen de cualquier fenómeno psicológico o emocional.

En cualquier caso, dado que la noción de «zona gris», propiedad privada de cierta doxa normativa, resultaba problemática, *yo* decidió denominar «zona paradójica» a ese espacio mal delimitado de conflicto ético, moral y afectivo generado por los mandatos contradictorios (los *double binds*) impuestos por los regímenes totalitarios a las personas a ellos sometidas, así como a sus descendientes. Esta «zona paradójica» no se refiere a acciones objetivamente evaluables, sino a la propia interacción humana: el «momento de piedad» del SS, la emoción del tío-agente-de-inteligencia, el amor del padre-criminal. y, correlativamente, la emoción de la sobrina, el amor de la hija… El término «paradoja» recobra entonces su sentido propio, ya que se trata

---

[24]   P. 24.

de cuestionar el discurso de la doxa, basado en oposiciones rígidas y categorías monolíticas. Ese tipo de paradojas podría extenderse a las propias víctimas –¡alto ahí! no toques a las víctimas, ¡No toques a las víctimas! La policía del pensamiento te ha advertido de esas derivas, fuertemente penalizadas–, pero esa es otra historia.

Ahora bien, para evitar cualquier confusión que pudiera poner a esta sobrina de criminal al servicio de la relativización de los crímenes contra la humanidad o incluso de su negación –como los sabios se lo reprocharon–, es necesaria una observación: desde el punto de vista político y jurídico, la condición de «víctima» y de «verdugo» son inalienables. Una víctima es aquella persona que, mediante acciones intencionadas, sufre una deshumanización, mientras un verdugo es aquel que, mediante esas mismas acciones, inflige dicha deshumanización. La posibilidad misma de la justicia, que tanto ha tardado en llegar a Chile, se basa en esta separación clara, históricamente establecida y reconocida. Una separación que los negacionistas –los verdaderos– cuestionan sobre la base de argumentos cuya invalidez es flagrante frente a la «verdad fáctica» revelada por los testimonios de los sobrevivientes, y consolidada gracias al largo trabajo de historiadores y juristas.

Las zonas «paradójicas» que hemos entrevisto se sitúan en una esfera completamente distinta: la del intercambio cuerpo a cuerpo y cara a cara. Esa esfera donde la distinción de roles –«héroes» y «tiranos», «buenos» y «malos»– que nos permite vivir con cierta tranquilidad, o sobrevivir, se fragiliza por un momento.

Se trata de zonas donde, se haga lo que se haga, se está en el error, en la falta. Zonas que solo es posible atravesar suspendiendo, durante unos segundos...

–¿Suspendiendo qué? ¡Carajo! ¿El juicio moral? ¿Tu endeble marco ético? ¿Tus valores? ¿Tus principios rancios pero inquebrantables de guerrillera fracasada?

–No. Suspendiendo, simplemente, el aliento.

Historias desobedientes

Algunas personas se lo preguntaban. Por curiosidad, sobre todo: sería entretenido saber qué pinta tiene el hijo o la hija de un torturador. Ciertos militantes se planteaban la cuestión. Y ciertos investigadores también, anticipando un objeto de estudio peligroso pero apasionante.

Se lo preguntaban, sí, aunque suponían –estaban casi seguros– que esos hijos serían el calco de sus padres: los mismos ojos, las mismas cejas, la misma nariz, la misma boca... y las mismas ideas, por supuesto. Negacionistas, fascinados por las armas, aprendices de verdugo dispuestos a reproducir los crímenes de sus genitores apenas la ocasión se presentara: eso debían ser. Varios lo eran, efectivamente..., pero ¿los otros? «De tal palo, tal astilla». Monstruos pues, reales o potenciales.

Es lo que la mayoría pensaba. Mucho antes de conocer a su prima, *yo* lo suponía también, cuando olvidaba por un momento la historia de su propia familia. Incluso cuando la recordaba se decía que, no siendo la hija del susodicho, no habiéndolo conocido y teniendo los padres que tenía, los engendros de torturadores debían ser muy diferentes de ella misma. Los monstruos son siempre los otros; y, en este caso, radicalmente otros.

Ocurrió que un día algunos de esos monstruos salieron de sus cavernas, mostrándose en su impúdica desnudez. No contentos con ello, empezaron a hablar, y a hablar muy fuerte; primero habló uno, luego otro y otro más. La gente los examinó de cerca, escuchó lo que decían. Se percató de que esos rostros no eran tan distintos de los suyos. ¡Oh, sorpresa!, se expresaban además en nuestro mismo idioma...

¿Qué pesa más?

A esas alturas, los otros «hijos», sin excepción, se habían congregado. Era lógico. «¿Tu padre está desaparecido? ¡El mío también!»; «¿tus padres fueron torturados o exiliados? ¡Los míos también!». Se tomaron de la mano, se abrazaron, lloraron juntos. Aunque fuera difícil, aunque doliera hasta el alma, se abrieron al intercambio.

Para los hijos de torturadores fue diferente. «¿Tu padre es un criminal? ¡El mío también! Diablos. A nadie se lo diremos; este será nuestro secreto». Daba vergüenza. A menos que se imaginara que la justicia se equivoca o que los derechos humanos «no son tan así», daba vergüenza. Y por suerte, ya que algunos, francamente desvergonzados, se empeñaron en reivindicar los crímenes de sus progenitores hasta el punto de insultar a las víctimas. Otros, menos osados, se esforzaron por no saber, por olvidar en la medida de lo posible. Dejar de lado ese incidente, ocultar ese defecto. Como un lunar con pelos; como una fea cicatriz en el cuello o en el brazo que se disimula usando blusas sin escote o de mangas largas.

«¿Qué pesa más: ser la hija de expresos políticos-torturados-sobrevivientes-exiliados, etcétera, o la sobrina de un victimario?». Si alguien se lo hubiera preguntado, tras un momento de reflexión *yo* habría respondido que, en la interacción con otras personas, la balanza se inclina del lado del verdugo, sin importar el vínculo real que se tiene con ese individuo. Sobre todo cuando se comparte con él un apellido poco habitual. En Francia, en México o en cualquier otro país da más o menos lo mismo. Pero en Chile le habría pesado. Desde luego, después de la dictadura, gracias al trabajo de olvido llevado a cabo con ahínco, poca gente estaba politizada; por lo tanto, muchas veces habría podido pasar inadvertida. No obstante, le habría pesado —y de hecho, como sabemos, le pesó, aun durante sus breves estadías–. Especialmente en los medios en los que, por afinidad, habría podido desenvolverse.

En algún tiempo, quién sabe por qué, a su primo –hijo de su tía paterna, también exiliada en México– se le metió en la cabeza que quería «volver a Chile», siendo que, como *yo*, no había nacido ahí. Cuando fuera grande, afirmaba, emprendería el retorno para convertirse en político. «¡Qué locura! ¿Te das cuenta? Meterse en política en ese país, ¡con el apellido que llevamos...!», se exclamó la madre de *yo*, irritada por esa fantasía adolescente. La carrera del primo estaba fracasada de antemano. Afortunadamente, pronto abandonó ese proyecto cuya insensatez la compañera «B» confirmaría más adelante.

Pero su caso no era tan grave. Tanto *yo* como su primo disponían de argumentos para responder a los eventuales ataques relativos a su ascendencia: «Ciertamente, ese hombre es nuestro tío, pero no lo conocemos –no es nuestro padre, ¡por suerte!–, y nosotros nacimos del lado correcto: el de los militantes y los sobrevivientes. El resto es un simple accidente en nuestra genealogía».

Los «otros hijos»

Para los hijos e hijas vinculados de modo directo y exclusivo con los victimarios, la situación era pues de una complejidad distinta. No más terrible, solo distinta. Sobre todo para aquellos que un día osaron condenar abiertamente las atrocidades cometidas por sus padres –fenómeno inusual– para defender los derechos humanos – fenómeno inédito–, en conjunto –fenómeno insólito–. Que algunos descendientes de verdugos se expresaran a título personal, ajustando cuentas con sus genitores, era aún concebible. Niklas Frank lo había hecho a través de un libro donde denunciaba la crueldad y la inhumanidad de su padre, Hans Frank, criminal nazi conocido como «el carnicero de Cracovia». Pero que algunos de esos hijos se convirtieran en militantes comprometidos era inimaginable. No lo habían hecho en Alemania ni en otros países de Europa; imposible que vinieran a hacerlo en estas regiones del fin del mundo.

Sin embargo, lo hicieron. Salieron de sus cavernas, decía; desnudos, exhibiendo impúdicamente sus cicatrices. Empezaron a hablar, y a hablar muy fuerte. En nuestro mismo idioma, decía. Frente a los ojos incrédulos que los escrutaban, salieron a la calle. Se encontraron con las víctimas de sus familiares y les dijeron: «Estamos con ustedes». Gritaron a los cuatro vientos que «somos los descendientes de los verdugos y repudiamos sus crímenes, sin concesiones». Aun habiendo sido engendrados y criados por ellos. Aun queriéndolos, en muchos casos. «Desde el amor, desde la pena, desde el dolor, abominamos sus actos». Fueron a los tribunales, y se sentaron junto a los sobrevivientes. Señalaron con el dedo a los acusados. «Ese es mi padre –dijeron–; ese es mi tío, mi abuelo. Y es un criminal».

Fueron desheredados, excluidos de su clan. Porque habían desobedecido las órdenes de sus padres, los mandatos de silencio, las leyes de la filiación promulgadas desde tiempos inmemoriales. Se quedaron ahí, huérfanos, tomados de la mano como hermanos y hermanas. Fundaron un colectivo. Se preguntaron cómo habrían de llamarlo. «Que sea un nombre soñador», dijo uno. «Un nombre que evoque el largo camino que hemos recorrido», dijo otro. «Un nombre que marque nuestra posición», dijo otro más. «Un nombre que designe nuestra filiación y al mismo tiempo nos disocie de ella»; «un nombre original, un nombre divertido, un nombre en el que nunca nadie haya pensado». *Historias Desobedientes*, fue el nombre. Seguido de una larga frase donde todo estaba dicho: *Hijas, hijos y familiares de genocidas por la memoria, la verdad y la justicia*. Con retazos de tela, fabricaron una bandera. Llevándola en alto, se sumaron a las manifestaciones...

Yo comenzó a frecuentarlos a su pesar, o a pesar de una parte de sí misma. Fue en realidad la sobrina del victimario la que se les acercó. ¿Por qué? Ya lo sabremos más adelante. La otra, la hija de sobrevivientes, más bien les temía. Desconfiaba de ellos.

«¿Qué harías si te encontraras con los hijos de aquellos que torturaron a tus padres?», se preguntó en algún momento. Pregunta terrible que anclaba la figura abstracta de los «hijos de victimarios» en una realidad carnal, sellada en la piel. Pregunta que reavivaba escenarios reprimidos, poniendo en marcha su mórbida imaginación. Reflexionó largamente, sin encontrar respuesta. «¿Qué haría yo...?». Con el paso del tiempo, las experiencias y los golpes de la vida, una sola idea se le vino a la mente: si acaso quisieran o pudieran hablar, escucharía sus historias.

¿Quieres unirte a nosotros?

Fue Pepe quien por primera vez la introdujo al tema. Durante un viaje a Argentina, varios años después de su doble salida del clóset, se había encontrado con otros parias como él. Cinco o seis mujeres que, habiéndose conocido por las redes sociales, decidieron fundar el colectivo. «Es un movimiento político –le dijo Pepe–. Trabajamos con las agrupaciones de derechos humanos para apoyarlas como podamos. Por ahora, soy el único chileno». Aunque pronunció el nombre completo del grupo, *yo* no logró retener sino la primera parte, porque el resto era muy largo. «¿Te gustaría unirte a nosotros?», preguntó él. «Pero yo no soy la hija de un represor –respondió ella–, sino solo la sobrina y ni siquiera conozco a ese tío». «No importa: todos los vínculos de parentesco son bienvenidos. Al principio éramos únicamente *hijas e hijos de genocidas*, pero ahora somos *hijas, hijos y familiares*. Tampoco importa la relación afectiva que cada uno tiene con su pariente».

Yo le dijo que iba a pensarlo. En principio, no le parecía buena idea. Salir del clóset frente a algunos colegas era una cosa, pero asumir en el ámbito político su pertenencia a un linaje maldito era algo muy distinto; mucho más duro, más arriesgado. Impensable, en realidad.

Buscó en Internet. *Historias Desobedientes* tenía una página web donde figuraban relatos y reportajes sobre algunos de sus miembros. Clic: los testimonios. Clic: la historia de Pepe. La conocía bien; aunque distinta de la suya, era igualmente laberíntica.

Hijo ilegítimo, Pepe creció con su madre, quien le compró el apellido a un amigo para que la gente no sospechara que ese niño era un bastardo. Él nunca se planteó preguntas al respecto, hasta el día en que, ya de adulto, rodando una película sobre la ausencia y la desaparición, se dijo que quizás sería tiempo de investigar sobre el gran ausente de su propia vida: su padre. Gracias a las confidencias de su madre, se enteró de que se trataba de un militar que tenía el rango de coronel. Condenado por el asesinato de seis militantes durante la dictadura, había sido amnistiado. ¡Diablos!, se dijo Pepe, quien para entonces ya trabajaba en el ámbito de los derechos humanos. Sin embargo, quiso conocerlo para escuchar su versión y sobre todo para saber qué se sentía tener un papá. El coronel aceptó recibirlo; él también estaba entusiasmado con la idea de tener un hijo varón, porque su esposa oficial solo le había dado hijas mujeres. Se frecuentaron durante varios años. Poco a poco legitimado, el bastardo se integró a su nueva familia. Conoció a sus hermanas y a su madrastra, quienes lo aceptaron sin reticencias. Viajó por el mundo con su padre, se tomó fotos con él, lo entrevistó filmándolo para perennizar esos recuerdos.

Aunque el hombre no manifestaba arrepentimiento, y aunque su posición política estaba en las antípodas de la de Pepe, este último comenzó a quererlo. Con o sin esperanzas de hacerlo cambiar de ideas, comenzó a quererlo. Un amor ciego, como el de un hijo desde siempre urgido de padre. Un amor tan grande que lo condujo a bajar todas sus defensas para mostrarse al otro tal como era. Entonces le reveló su homosexualidad. El padre guardó silencio. «Un hijo comunacho, puede ser; pero un hijo cola es intolerable», pensó. Las llamadas telefónicas se volvieron cada vez más esporádicas; las invitaciones a la casa, menos frecuentes. Enfermo de diabetes, el coronel murió al poco tiempo. En medio del pomposo funeral militar organizado en honor al difunto, un amigo suyo, también militar, le pidió a Pepe entrevistarse a solas con él. «Muchacho, esta es la primera y última vez que hablo contigo. Debes saber que tu padre te desheredó. Quiero decírtelo porque yo mismo tengo un hijo..., un hijo..., un hijo, digamos, raro como tú. Lo quiero, a pesar de todo. Por eso traté de disuadir a tu padre, pero su decisión era irrevocable. Tienes que reclamar esa herencia, si es que puedes. Te lo dice un padre de maricón».

Pepe lo conversó con sus hermanas y su madrastra. «Es la voluntad del difunto y hay que respetarla –afirmaron–. Además, ni siquiera es seguro que seas realmente su hijo». Dos veces abandonado por el mismo padre, Pepe peleó por su herencia. Ganó el proceso. Tiempo después conoció a las víctimas de ese hombre. Y puso las entrevistas que había grabado a disposición de la justicia.

«Qué valiente», se dice *yo*.

Clic: la historia del colectivo. Fue fundado en Buenos Aires, cuando la Corte Suprema de Argentina decidió aplicar una ley destinada a reducir la pena de los condenados por los crímenes de lesa humanidad cometidos durante la dictadura. Innumerables voces se alzaron en todo el país para protestar contra esa ley infame. Manifestaciones masivas tuvieron lugar. La medida era tan inadmisible que incluso la hija de un torturador, cansada de guardar silencio, alzó la voz. Mariana Etchecolatz era su nombre. Publicó una crónica en una conocida revista. «Marché contra mi padre genocida –afirmaba– y, por cierto, ya no es mi padre: me declaro su exhija». Se rebautizó entonces, adoptando el apellido de su madre. En adelante se llamaría Mariana Dopazo. Asombro generalizado. Era la primera vez que la hija de un torturador tomaba posición en ese sentido.

En el sitio web donde la crónica había sido difundida, distintos comentarios empezaron a aparecer. Comentarios de mujeres que se encontraban en la misma situación que Mariana. «Yo también tengo un padre criminal y yo también me niego a cargar con ese legado», dijo una. «¡Yo también!» dijo otra. «¡Ya somos tres!», dijo otra más.

Después cinco y luego seis. Siendo que nos creíamos solas en el mundo, escondidas como estábamos en nuestra caverna, carcomidas de vergüenza y de culpa heredada.

Se reunieron. Cada una se puso a contar su propia historia desobediente. Pronto la prensa internacional se mostró interesada por tan curioso fenómeno: la BBC de Londres, el *New York Times*. Los testimonios fueron publicados. Otras mujeres en la misma situación se unieron al grupo y luego varios hombres –entre los cuales se encontraba Pepe–.

–Qué valientes –se dice *yo* otra vez–. Por mi parte, no tengo ese coraje. Si quisiera entrar en la militancia, podría sumarme a alguna asociación de familiares de sobrevivientes. Es más glorioso.

–Pero, si hasta ahora no lo has hecho es porque no deja de pesarte el parentesco con el victimario. Por cierto, cada vez que en Chile o en Francia, asistes a actividades organizadas por esas asociaciones, te quedas en un rincón y evitas hablar con la gente.

–Bueno, sí, pero a fin de cuentas es preferible permanecer en el anonimato a traicionar una vez más el secreto a voces que me ha sido confiado, ventilándolo ahora en el ámbito público.

No vuelve a abordar el tema con Pepe. Se esfuerza por olvidarlo. Es él quien, semanas después, le plantea de nuevo la pregunta.

–¿Ya lo pensaste?

–¿Pensar qué?

–La posibilidad de sumarte a los Desobedientes.

La hija de víctimas está en contra; la sobrina de victimario está a favor. «Sumarme al colectivo, no sé. Pero podría echarles una mano...».

Un pasito pa' trás, un pasito pa' lante

Durante algún tiempo, *yo* volvió a guardar la carpeta de los Desobedientes en un rincón de su cabeza.

Entretanto, el director del Museo de la Memoria y los Derechos Humanos de Santiago tomó contacto con ella. Se habían conocido años atrás en Boloña, en un coloquio donde ella presentó una conferencia cuyo tema era la desaparición forzada en América del Sur. Tan lejos de Chile y de sus desgarros internos, en ese entonces no le pareció necesario contar en detalle su historia de familia. «Si puedo evitarlo, tanto mejor», pensó. Por ende, se limitó a mencionar rápidamente lo ocurrido por el lado de los sobrevivientes –la prisión, el exilio–, dándole al preámbulo un ligero toque autobiográfico con el objetivo de justificar su intervención, falta de legitimidad como siempre se sentía. Al término de su exposición, el responsable del Museo, seguramente conmovido por sus palabras de rezagada nostálgica, le regaló un paquete de tarjetas postales con fotografías de arpilleras hechas por los presos políticos durante la dictadura, obsequio que ella guardó preciosamente, como todo lo que venía de ese añorado país.

He aquí pues que, habiéndose enterado de su viaje a Chile, la llama por teléfono para invitarla a hablar en un programa de radio dedicado al tema de la memoria y el olvido.

Nuevamente, el dilema se planteaba, pero ahora en un marco más amplio. No ya las reuniones entre amigos ni los intercambios entre colegas, sino un medio de comunicación, si bien de circulación restringida, pero público al fin y al cabo. Indispuesta, como era de esperarse, por el síndrome del conflicto ético cuyos síntomas volvían a aquejarla, pasó en cama un día entero. «Tengo que decírselo, tengo que prevenirlo», concluyó. Sí, tenía que hacerlo.

Lo llama entonces por teléfono.

–Tengo que decírtelo, tengo que prevenirte. Tú sabes que soy hija de expresos políticos. Pero eso no es todo. ¿Has reparado en mi apellido? Soy también la sobrina del Fanta.

–¿La so-bri-na del Fan-ta? –repite el otro, deletreando cada sílaba como para convencerse de lo que acaba de escuchar o para dimensionar la verdad que está descubriendo–. La sobrina del Fanta... –insiste–. Es complicado, en efecto.

–Si participo en el programa podría cambiarme el apellido; adoptar por ejemplo el de mi pareja, un francés bretón cuyo linaje no es heroico aunque tampoco infame. Pero no sería muy honesto. Y, si me presento como quien soy, creo que debería al menos decir algo sobre mis vínculos familiares, para marcar mi posición. De otro modo, cuando los radioescuchas se percaten de mi parentesco con el susodicho, sin duda se preguntarán por qué omitimos esa información.

El responsable del Museo reflexiona algunos instantes. *¿Decir o no decir? He ahí el dilema.* He ahí, siempre, el dilema. «Tienes que decirlo –concluye–. Si intervienes en el programa, tienes que explicarte, aunque sea brevemente».

En cama todavía, *después haberse preparado mentalmente durante horas, nerviosa, temerosa, sin aliento,* como aquella tarde remota en que se le ocurrió meter el dedo en la llaga, se dispone a llamar a su padre: «Tengo que decírselo, tengo que prevenirlo».

«Tengo que decírtelo, tengo que prevenirte: me invitan a participar en un programa de radio sobre la memoria, aquí, en Chile. Pero, si acepto, tendré que hablar un poco –solo un poco– de nuestra familia y de tu hermano en particular. Aún le estoy dando vueltas al asunto y me gustaría conocer tu opinión». El padre reflexiona algunos instantes. *Yo* no puede verlo, pero imagina hasta qué punto se ensombrece su mirada. Decir o no decir...

Pronto cae el veredicto. Simple, claro, directo: «*I would prefer not to*». «Entiendo –dice *yo*–; es lo que pensaba. Si fuera en el marco de una conferencia en algún espacio académico (la Universidad de Valparaíso, por ejemplo), en un seminario entre colegas, otra cosa sería, ¿cierto...?». Le pregunta solo para tantear el terreno; para saber hasta dónde, a estas alturas, ha transgredido ya. La respuesta es de nuevo simple, clara, directa: «*I don't think so*». «¡Ay! –piensa, sin decirlo–. Ya lo hice; ¡tú no lo sabes, pero ya lo hice! Perdón, perdón, perdón...».

«Favor de preservar el secreto a voces». La consigna había sido confirmada. *Yo* llama por teléfono al responsable del Museo: «No puedo participar en el programa; tengo un secreto a voces que preservar, estoy segura de que lo entenderás». Lo entiende. Quizás él también se siente aliviado.

En ese contexto era comprensible que, durante algún tiempo, la carpeta de los Desobedientes permaneciera guardada en un rincón de su cabeza. Hasta el día en que Pepe la extrajo de ahí, poniéndola sobre la mesa.

–Si pudieras echarnos una mano, estaría muy bien.

–De acuerdo: una mano a nadie se le niega. ¿Qué hay que hacer, en específico?

–Si quieres, te agrego al grupo de WhatsApp del colectivo. Es nuestro espacio de trabajo; ahí discutimos y definimos estrategias de acción. En este momento estamos preparando un libro con los textos de los compañeros que han querido participar. Por supuesto, no todos están listos para expresarse públicamente. Tú misma puedes decidir si lo haces o no, pero nunca estarás obligada; respetamos los tiempos y los procesos de cada cual.

Un grupo de WhatsApp; ¿se puede traicionar por un grupo de WhatsApp? Decididamente, no. Acepta entonces.

Un buen día, Pepe la agregó al grupo de WhatsApp. Ritual iniciático contemporáneo: en un clic, *yo* encontró una afiliación; solo para echar una mano, pero una afiliación al fin y al cabo.

«*¡Buenos días, Desobedientes!*»

En aquella época se encontraba en Francia. Al despertar por la mañana descubre decenas de mensajes en su teléfono. «¡Bienvenida, compañera! Saludos desde Buenos Aires»; «¡Hola! Yo vivo en Salta»; «¡Bienvenida! Soy fulano, de la provincia de Azul»; «Un gusto; soy mengana, de Rosario»; «Qué alegría tenerte entre nosotros; aquí perengana, mendocina»... Son casi cuarenta. Más adelante serán alrededor de ochenta. Una pequeña guerrilla de Desobedientes, cada cual con una historia singular, tan inverosímil como las otras.

Yo es la única chilena, junto con Pepe. No hay de qué sorprenderse: en Chile, el trabajo de memoria dista mucho del que se ha llevado a cabo en Argentina, de modo que la conciencia política aún no llega hasta esas capas de la población, las más impermeables a los derechos humanos.

Son simpáticos estos hijos de genocidas. Y peleadores, como todos los argentinos —según la reputación que tienen entre sus vecinos, los chilenos—. ¿Qué han hecho sus padres? *Yo* lo sabrá en el curso del intercambio: colaboración, coordinación de grupos represivos, participación directa en torturas, violaciones, desapariciones, asesinatos... Hay de todo. ¿Qué vínculo afectivo tienen los Desobedientes con esos criminales? También se irá enterando en el camino: repudio total hacia un individuo que aun en la casa se comportaba como un torturador; frustración por un padre ausente; compasión ante un hombre que se las arregló como pudo en tanto jefe de familia, pero que en otros ámbitos tomó malas —muy malas— decisiones; ternura, amor incluso, por un padre amoroso, que sin embargo torturaba y mataba gente en sus horas de trabajo...

—Un tipo comentó nuestra última publicación en Facebook. Nos ataca: nos trata de «hijos de puta», «hijos de canalla», entre otros insultos —dice un compañero—.

—Es horrible —dice otro—; tenemos que defendernos.

—Y bueno —afirma un tercero—, ¿qué querés que respondamos? «Hijos de puta», «hijos de canalla»: eso es lo que somos, ¿no? Lo indica el título de nuestro colectivo.

—Mi padre es un canalla, pero mi madre no es una puta; cómplice del canalla, sí, pero no puta.

—Che, tomalo como una metáfora: «malparido», «malnacido», qué se yo...

—Hay que llamar las cosas por su nombre, entonces: ¿qué culpa tienen las putas? ¡Esa expresión viene del patriarcado!

—Andá tú a darle lecciones de feminismo al tipo...

Los mensajes pululan; todo el mundo tiene algo que decir.

Yo les agradece el recibimiento. Pero debe anunciarles de inmediato: ella solo está aquí para echar una mano. Es la sobrina de un victimario, sí —por eso se sumó a este grupo de WhatsApp—, pero sobre todo la hija de valerosos militantes y expresos políticos. Su «caso» está lejos de ser representativo o emblemático de los Desobedientes; en este espacio tampoco es del todo legítima. Y además tiene un secreto a voces que preservar. Por ellos, por los sobrevivientes. Nunca se expresará pues públicamente, nunca hablará frente a la prensa y nunca revelará su identidad fuera de este restringido círculo.

¿Entendido? Entendido.

—Che, vivís en Francia, ¿no? —pregunta una compañera—. Yo estoy en Toulouse ahora; soy documentalista y me invitaron a presentar una de mis películas.

—Qué coincidencia —responde *yo*—. En este momento ando en el Lot: no estamos lejos.

En camino hacia Toulouse...

Ya en la ciudad tiene dificultades para encontrar el lugar: una especie de fábrica abandonada donde se desarrolla un festival a cargo de un grupo feminista. Al llegar, saluda a las organizadoras. Les pregunta por la compañera. «No debe tardar», le dicen. Mientras la espera, le proponen sumarse a un curso de tango. Si hubiera sabido que no era gratuito, habría dicho que no. Pero, como no lo sabe, acepta. Durante una pausa llega la compañera. Se llama Liliana, Lili. «Encantada, compañera». Se saludan de beso, se abrazan. No alcanzan a conversar mucho, porque la clase recomienza. Lili se suma también. Es una verdadera profesional: su película está centrada, justamente, en el tango. Pero no cualquier tango —no por nada la directora es una Desobediente—, sino el tango *queer*, bailado por parejas homosexuales con frecuencia expulsadas de las milongas en Argentina por el simple y llano motivo de que «aquí no aceptamos ese tipo de aberraciones. Un hombre y una mujer, ¡eso es el tango!». Toman juntas el curso. Lili todo lo sabe; *yo* tiene todo por aprender. Los participantes se ponen en círculo. Cuando los que se animan a pasar al centro escogen una pareja, *yo* desvía la mirada: «¡Yo no! ¡Yo no!». Admira la gracilidad de la compañera, su elegancia. Le gustaría algún día poder bailar como ella.

Por la tarde, sentadas en un bar, *yo* la escucha contar su historia. Su padre, un coronel mendocino, fue el jefe de la División de Inteligencia del Ejército. Ella es la única hija mujer; sus hermanos son todos varones. A los veinte años, Lili comenzó a investigar sobre la vida de ese hombre que, condenado a cadena perpetua, goza hoy en día del arresto domiciliario gracias a los beneficios concedidos por el Estado a los antiguos «servidores de la patria». Un hombre violento, en la casa como en todas partes: es responsable de varios crímenes, entre los cuales se encuentra el asesinato del poeta Francisco («Paco») Urondo, padre de Ángela Urondo; nuestra Ángela, sí, aquella que conocimos en la biblioteca y que vomitaba en el bus, ¿lo recuerdas, lector? A Lili le tomó años encontrar el valor para confrontarlo. «Eres un criminal —le dijo al fin—. Y, por cierto, yo soy lesbiana».

Liliana es ruda, muy ruda; pero Lili es dulce, muy dulce —aunque se esfuerce por ocultarlo—. *Yo* descubre esas dos facetas. Liliana, Lili, también es múltiple.

Al despedirse, se abrazan de nuevo: las dos, las tres, las cuatro.

La sororidad desde el lenguaje

Están preparando un libro. Pepe se lo había comentado. La primera parte contiene relatos, testimonios y algunos poemas, mientras que la segunda está compuesta de textos colectivos: manifiestos, declaraciones y comunicados de prensa donde los Desobedientes toman posición respecto a la actualidad de los derechos humanos en Argentina. Una compañera, Analía, se encargó de la compilación. Hace unos días terminó de reunir el material. «Me dijeron que sos buena para la redacción; ¿nos querés echar una mano?», pregunta Carolina, Caro, quien se ocupa de la edición. Por supuesto: ese futuro libro le interesa mucho. Había leído testimonios publicados por hijos o nietos de nazis; pero un libro así, escrito por descendientes de torturadores constituidos en colectivo, es sumamente original.

Fue durante el verano. Encerrada en una cabaña en el Lot, pasó horas, días, semanas –todo el verano, en suma– revisando y corrigiendo cada texto, hasta la más mínima coma.

Le envía el manuscrito releído a Caro, que se encuentra en Buenos Aires; esta última lo relee y se lo reenvía, con notas y preguntas: ¿debemos utilizar la ortografía inclusiva en todas partes, o bien solo en los relatos de les compañeres que, comprometides con las causas de género, decidieron recurrir a ella? ¿No te parece que tal formulación suena mejor que tal otra? ¿Qué piensas de las implicaciones políticas de este párrafo? ¿Dejamos en mayúscula la primera letra de las palabras que designan las instituciones militares y los grados en las (F)fuerzas (A)armadas, o bien la ponemos deliberadamente en minúscula como gesto de rebeldía?...

Yo relee de nuevo el manuscrito, respondiendo a las preguntas, y se lo reenvía a Caro. Caro lo re-relee, respondiendo a las respuestas a las preguntas, y se lo re-reenvía. *Yo* lo re-re-relee, respondiendo a las respuestas a las respuestas a las preguntas, y lo re-re-reenvía a Caro. De a poco, el libro comienza a tomar forma. A once mil kilómetros de distancia, las dos editoras trabajan mano a mano. Hoy en día, eso nada tiene de extraordinario. Lo asombroso es más bien la fluidez del intercambio; la complementariedad en torno a una misma manía de la lengua. *Yo* siente entonces surgir en ella una emoción extraña; una especie de sororidad. Pero es una sororidad particular, distinta de los otros vínculos que hasta entonces había podido establecer. Una sororidad política, podría decirse, basada en ese objeto político por excelencia que es el lenguaje.

De hecho, sororizó y fraternizó, sin conocerlos, con todos los compañeros cuyos testimonios, relatos y poemas leyó, releyó, re-releyó y re-re-releyó. Escritos donde cada cual se mostraba al desnudo, exponiendo sus contradicciones, sus paradojas y sobre todo su tara —¡mírenla bien!, ¡que lo sepa el mundo!–, como solo pueden hacerlo aquellos que ya nada tienen que perder. Asimiló esas historias en su unicidad, en su íntima dramaturgia; experta en el ejercicio de la usurpación, las hizo suyas. Al mismo tiempo, todas ellas le parecían tener una gran potencia política, como si, más allá de las experiencias individuales, fueran una invitación a hacer comunidad, ya que remitían a un discurso colectivo, unificado en torno a consignas claras, sin ambigüedades. Viejas consignas mil veces repetidas por los defensores de los derechos humanos y por *yo* misma en su época de guerrillera malograda: «no al negacionismo», «no a la impunidad», «memoria, verdad, justicia» —y... «¡hasta la victoria siempre, compañeros!»–. Pero el sentido de aquellos lemas parecía renovado en boca de estos parias de la memoria que nunca nadie había creído capaces de alzar la voz para decir algo más que vituperios y barbaridades fascistoides.

La sobrina de victimario se siente cada vez más cercana a esas personas que descubre a través de los escritos. La hija de víctimas comienza a encontrarse corta de argumentos para objetar. «¡No sororices demasiado! —se dice–. Eres la hija de íntegros militantes; el estigma de los Desobedientes no es exactamente el tuyo».

Escribir, «cueste lo que cueste»

El manuscrito del libro está listo. El título será *Escritos Desobedientes*, seguido de un largo subtítulo. Caro está redactando el prefacio.

—¿No te gustaría escribir un texto para integrarlo al volumen? —le pregunta—.

—¿Escribir un texto, yo? Pero ¿qué tipo de texto? Un testimonio, imposible: sabes muy bien que tengo un secreto a voces que preservar. Una ficción, difícil: en esta historia, la realidad me parece rebasar todos los recursos de la imaginación. Un poema, complicado también: la poesía no se me da, aun en versos libres, y mi *yo* —lírico o lo que sea— está bastante resquebrajado. ¿Qué podría escribir? ¿Un posfacio, quizás?

Sí, un posfacio; ¿por qué no?

Dedicó el final del verano a esa labor.

Escribe diez líneas, borra siete. Escribe cuatro, borra tres. Escribe doce palabras, borra ocho. «No —se dice—, esto no sirve». Borra todo; comienza de nuevo. Entre las preguntas que se plantea, es esta la que más le preocupa: «¿Debo exhibirme yo misma en el texto, corriendo el riesgo de traicionar mi secreto, o bien debo tomar distancia, dejar de lado mi historia y mi pertenencia al colectivo, mientras que mis compañeros se exponen contando sus vidas?»

—«¡Decir, decir, decir! Cueste lo que cueste»: ¿no es esa la consigna que te habías impuesto?

—Sí, supongo (¿fui yo quien lo dijo, por cierto?), pero las circunstancias eran distintas: frente al panadero, al vendedor de periódicos, al testigo de Jehová, a los investigadores de Valparaíso incluso. Ahora se trata de escribir dirigiéndose a lectores anónimos, tan anónimos y potencialmente numerosos como los radioescuchas del programa en el cual opté por no participar.

«Cueste lo que cueste»: es fácil decirlo respecto a uno mismo. Pero cuando la decisión implica a la familia más cercana –el padre, la madre, la tía–, es otro asunto: los costos corren el riesgo de exceder las ganancias.

Nuevamente, *cede y resiste al mismo tiempo*. Decir un poco, solo un poco –¡lo cual ya es mucho!–. Como en la Universidad de Valparaíso: decir lo indispensable para forjarse su propio *ethos*, marcando su posición.

«Hace algunos años, tras un largo recorrido, llegó a mis manos un libro de la periodista chilena Mónica González que, a partir del testimonio improbable de un torturador arrepentido, echaba luces sobre el rol que jugaron en la dictadura de Pinochet ciertos grupos represivos paralelos a la DINA, cuyo funcionamiento hasta entonces se ignoraba. Ansiosa por conocer un contenido tanto más interesante para mí cuanto que se refería parcialmente a mi propia familia, no reparé entonces en la dedicatoria que figuraba en la primera página de esa compleja y arriesgada investigación [Muy bien, aférrate a las palabras de la periodista; la entrevistaste, conversaste con ella, aunque no has querido hacernos parte de ese encuentro. Es una garante de la verdad, o de las verdades que te duelen].

«Fue tiempo después, cuando por diversos motivos quise releer el libro, que dicha dedicatoria llamó mi atención, conmoviéndome profundamente: "A mis hijas. A los hijos de las víctimas y victimarios, principales destinatarios de esta historia". Esas pocas palabras me parecieron condensar una pequeña filosofía ética de la transmisión de la memoria que, en la época en que fueron escritas (alrededor de 1990), no dejaba de resultar visionaria: los hijos, todos los hijos –incluyendo los de la propia autora–, se encontraban situados frente a la Historia en un plano de igualdad, como si fuera posible tender un puente entre los campos opuestos a los cuales unos y otros pertenecen para reconocerles, a unos y a otros, un derecho común (el derecho a saber, en tanto destinatarios del relato), un sufrimiento común y quizás también una esperanza común [Exacto: dedicatoria clarividente. Estás pensando en Camila, seguro que estás pensando en Camila, tu *alter ego*, aquella que nació «del otro lado» y que sin embargo tiene también derecho a saber].

«La idea me conmovió, digo, porque para entonces tenía plena conciencia de pertenecer a una familia que el golpe de Estado en Chile no solo marcó, sino que literalmente partió en dos, como si un rayo hubiera caído de repente en la casa de mis abuelos, o como si la falla geológica que atraviesa ese país propenso a los sismos hubiera pasado por el medio del comedor [Efectivamente, existen pocas familias hasta ese punto desgarradas: ¿Capuletos y Montescos? ¿Estirpes de Caín y Abel?... Ya lo hemos dicho].

«Uno de los hermanos (más tarde mi papá), junto con su novia (más tarde mi mamá), sufrió la prisión, la tortura y el exilio; el otro hermano (más tarde mi tío), traicionándolos a ellos y a su partido, se volvió torturador [¿Traicionándolos a ellos? ¿De verdad? En fin, no nos explayemos al respecto. Pasemos al punto siguiente].

«El azar quiso que yo naciera de este lado; pero por lo mismo habría podido nacer del otro, en cuyo caso mi tío preso por crímenes de lesa humanidad, al que no conozco y al que probablemente no conoceré, sería mi padre. Teniendo pues lazos de parentesco tanto con las víctimas como con el victimario, mi situación me ha permitido percibir, de cerca o de lejos, las semejanzas y las diferencias entre dos posiciones aparentemente inconciliables para concluir que, en efecto, las heridas de la Historia se extienden a todos los hijos, sin distinción [¡Sí! Haces bien en rumiar tu consabido relato, explicando lo que te vincula a tus compañeros. Es útil para lo que sigue, donde mostrarás lo que te distingue de ellos].

«Pero mi posición es evidentemente parcial: no es lo mismo ser "hija de..." que "sobrina de..."; no es lo mismo conocer de adentro, desde la casa, que conocer de afuera, por los relatos que uno ha podido escuchar; y no es lo mismo repudiar los actos de una persona querida que los de un sujeto con el que no se tiene vínculo afectivo alguno. Sí, cuando estuve en Chile me pregunté cómo lidiar con mi apellido, con la historia de mi familia, con mi posición ética respecto a ese hombre que es mi tío. Sí, he sentido culpa o vergüenza al conocer los testimonios de sus víctimas y de los familiares de estas últimas. Sí, me pesa; sí, me duele. Sin embargo, me resultaría difícil expresarme aquí legítimamente sobre el sufrimiento que conlleva ser la sobrina lejana de un victimario, en la medida en que mi cercanía con las víctimas, si bien acarrea otros sufrimientos, de algún modo ha atenuado aquel o acaso tristemente lo ha redimido. Mi palabra no tendría el mismo peso ni el mismo valor que la de los otros Desobedientes cuyos relatos componen este libro. Mi "desobediencia" misma —ya que, como es sabido, por el lado de las víctimas también suele haber imperativos de silencio— es de otra índole; menos radical, menos desgarradora [Por supuesto, tu situación es menos desgarradora y menos heroica también. Muy «hija del exilio» serás, muy «hija de la sobrevivencia», muy «hija de la traición» tal vez, pero tu desobediencia nunca estará a la altura de la suya. Toma distancia, pues, muéstrale al lector aquello de lo que son capaces esos *otros*, esos *radicalmente otros* entre los cuales, a estas alturas, no te puedes contar].

«Por respeto, cariño y admiración hacia mis compañeros, si bien formamos parte del mismo colectivo en la medida en que reúne a los "familiares de genocidas" en general, no hablaré aquí de "nosotros" sino de "ellos", en tercera persona, tomando distancia por un momento para dirigirme así a la hija que, por azares del destino, yo misma habría podido ser, la de la otra vereda, la que tiene no un padre libre que es posible querer sin conflictos y cuyas ideas se puede compartir, sino un padre condenado (y condenable) por la ley, al cual duele querer y cuyos actos inspiran horror [El Fanta, al igual que muchos otros. Y sí, aunque solo fuera tu tío, tanto te dolía la posibilidad de quererlo que, como sabemos, se te pudrió el cariño...].

El desgarro en la palabra

La introducción está lista —¿viste? No dolió tanto—. Una vez más, lo esencial se jugaba en el preámbulo. Lo demás (que, de nuevo, no era lo de menos) consistía en aprehender el *ethos* de los Desobedientes mismos.

—Y dale con el «*ethos*»: ¿Tanto te gusta esa palabra?

—No, en realidad es un poco rimbombante; suena a griego o a latín (a griego, dice el diccionario). Pero resulta necesaria, indispensable, para los que estamos siempre faltos de legitimidad, preguntándonos en todo momento con qué derecho hablar, con qué derecho hacer, con qué derecho pensar. Eso es el *ethos*. Ya lo observaban «Los Tigres del Norte», doctos de la filosofía popular: «¿Con qué derecho juzgas todo lo que he hecho? ¿Quién eres tú para juzgarme estando en vida, si tu alma está más perdida y destila iniquidad...?».

Era preciso pues explicar «con qué derecho». Y sobre todo a qué precio. Revelarle al lector, en suma, el trastorno que le provocó a ella misma, prejuiciosa hija de sobrevivientes íntegros, el encuentro con esos esperpentos cuyos escritos demostraban que, a fin de cuentas, ¡oh, sorpresa!, no eran tales. El mundo se da vuelta como una media. Catarsis: los hijos de los malos terminan siendo buenos. ¿Cómo no pensar en los mitos griegos?

—Y dale con los griegos.

—Pero sí, te lo aseguro: solo las grandes tragedias que han sentado las bases de nuestra cultura occidental y decretado desde la noche de los tiempos las leyes implacables de la filiación permitirían dimensionar lo que representa para nuestra humilde condición humana esa sublime arremetida contra la fatalidad, contra el *fatum* de los infames atavismos, llevada a su punto culminante por la gesta epopéyica de la desobediencia, ¡oh, magnánima y pródiga empresa!...

—¡Ay, eres tan melodramática! Bien lo decía tu prima.

De cualquier modo, es cierto que los dioses le confiaron a Edipo la tarea de expiar la falta cometida por su progenitor. Pocos recuerdan que, antes de engendrar al futuro rey de Tebas, el desgraciado de Layo, acogido por Pélope durante su destierro, deshonró su hospitalidad nada menos que violando a su hijo predilecto, el pobre Crisipo. Al matar al inicuo abusador, Edipo no hizo sino restablecer el orden cósmico, aunque no estaba consciente de ello; de otro modo, habría sido el primer Desobediente en toda la historia de la humanidad.

En ese sentido, Antígona fue más lúcida: se propuso firmemente transgredir las normas de su comunidad –esa Tebas que se encontraba bajo el yugo de su tío, el tiránico Creonte–, para darle justa sepultura a su hermano Polinices. Este último había muerto en combate contra un tercer hermano, Eteocles. En efecto, Polinices y Eteocles se mataron el uno al otro. Según un acuerdo establecido previamente, ambos debían turnarse cada año para gobernar a Tebas, pero en algún momento Eteocles se negó a ceder su lugar; es por eso que, con ayuda de aliados extranjeros, Polinices sitió la ciudad y emprendió la guerra contra su hermano.

Por cierto, Antígona, Polinices y Eteocles eran todos hijos de Edipo: desdichado linaje que el destino partió en dos –mmmh, me suena familiar...–.

Después de la muerte de los dos hermanos, su tío Creón toma el poder y condena a su sobrino Polinices a permanecer insepulto por haber traicionado a Tebas al hacer alianzas con extranjeros. Es entonces cuando Antígona entra en escena: contra viento y marea, apelando a una justicia simbólica que rebasa las leyes de su clan, decide darle sepultura a su hermano. Lo pagó caro: por orden del tío, fue encerrada viva en una gran tumba, donde se dio la muerte ahorcándose, fiel a sus principios hasta el final.

Siguiendo el melodrama que le dictaba su sensiblería de literata y revolucionaria anacrónica confrontada a estos hijos de genocidas que le rompían todos los esquemas, *yo* sacó en su laborioso posfacio las conclusiones lógicas. En el punto álgido de sus debates internos, Antígona desobediente (ella sí, la primera) debía haberse planteado más o menos las mismas preguntas que estos compañeros en su modesto pero admirable combate: ¿qué resulta más o menos aberrante según las normas éticas de la *polis*: desobedecer a los imperativos de la filiación o ser cómplice de un criminal? Sin olvidar, en el caso que nos ocupa, los mandatos inscritos en la Biblia: «Honrarás a tu padre y madre»...

En lo que a Antígona respecta, la desobediencia le costó la vida. No así a los compañeros, afortunadamente sometidos a una jurisdicción menos brutal. Pero estaba claro que el costo había sido alto, muy alto. Imposible entrevistarlos uno a uno para preguntarles cuál había sido exactamente el precio a pagar. Y no era necesario tampoco, ya que, en el curso de sus lecturas, *yo* descubrió en los escritos mismos el núcleo de esta tragedia: el desgarro.

Desgarro en torno al saber. La denegación: el *no querer saber* o *no poder saber*. «Debo admitir –decía Lili– que en esos primeros años seguía sin poder indagar en lo que había pasado en Mendoza, queriendo creer en lo que me habían respondido mis padres alguna vez que pregunté». La resistencia: *saber sin querer*. «Me gustaría no saber de la falta de arrepentimiento de este represor progenitor. Me gustaría no saber que con su silencio cómplice reivindica su crimen», afirmaba Analía. La asunción de la búsqueda: *querer saber*. «Enfrenté a mi padre esperando que pudiera conmoverse y romper ese pacto de silencio del cual forma parte», decía de nuevo Lili. Por último, la terrible lucidez. «Hasta que un día supe todo, supe todo, todito todo», contaba Néstor.

Desgarro también en torno al decir: el *no deber decir* que define la prohibición, el *no querer decir* cuando el secreto se ha interiorizado, el *no poder decir* de la impotencia y, por último, el decir franco de la palabra liberada.

Pero era el desgarro afectivo el que se imponía por sobre todo: *querer a su padre* e incluso *no poder no quererlo* y al mismo tiempo, según las normas éticas de la sociedad, *no querer* o *no deber quererlo*. Escisión entre el hijo que ama y el ciudadano que condena; escisión que seguramente correspondía a la otra, originaria, entre el padre y el torturador.

El desgarro, pues: el desgarro en la palabra, reflejo de un desgarro del alma que, a falta de poder sanar, no podía sino asumirse y, quizás, a través de la palabra misma, trascenderse. Esa era la clave que determinaba la fuerza y la fragilidad del movimiento. Ese era también el precio a pagar por la desobediencia. *Yo* lo comprende, lo explica, lo comenta, sin darse cuenta —sin querer o poder darse cuenta— de que, al hablar de ellos, de los otros, habla de sí misma, o de una parte de sí.

La dedicatoria se impone como una evidencia: «A Camila».

Cuando el libro es publicado, el síndrome del conflicto ético no deja de manifestarse. Con un ejemplar en su cartera, se dirige a la oficina de correos. Destino del envío: México. Con dolor y ternura, en la primera página escribe palabras largamente maduradas:

Para ustedes, mamá y papá,
este libro lleno de pena
pero también de amor
y esperanza.
No sin temor,
no sin contradicciones,
mi pequeño aporte a estas historias,
y a esta Historia
que nos trasciende,
se construye
desde el lugar que me tocó
y desde lo que otros
como ustedes

sembraron.
Porque sé que,
aunque les cueste,
sabrán respetar
y entender
mi Desobediencia.
Con todo el cariño,
V.

No hubo respuesta, pero ya no importaba: la invención de su propia historia era a ese precio.

Compañeros

En camino hacia Buenos Aires. Con su maleta verde comprada de rebaja en la calle Strasbourg-Saint-Denis, viaja para la presentación del libro y para sumarse a las actividades en torno a la conmemoración del golpe de Estado, el 24 de marzo, «Día Nacional de la Memoria por la Verdad y la Justicia» en Argentina. Camila va con ella. «Para echar una mano», dice. Claro, por ahí se empieza.

La presentación tiene lugar en la ex-Escuela de Mecánica de la Armada (ESMA), edificio utilizado como centro de detención y tortura en la época de Videla, y más tarde convertido en sitio de memoria. Frente a unas cincuenta personas intervienen Eduardo Jozami, gran figura de la resistencia argentina, cercano al Che Guevara durante los años de la guerrilla; Virgina Croatto, hija de un ejecutado político e integrante de HIJOS; Analía, la compañera responsable de la publicación; Caro, la compañera a cargo de la edición; y *yo*, coeditora asociada en el camino.

Antes de empezar –¿o quizás fue después?–, *yo* bebe dos o tres cervezas para atenuar su síndrome, cuyos síntomas la acompañan a todos lados.

«Los estábamos esperando», dice Eduardo Jozami, el primero en hablar. Una espera que había durado años, lustros, décadas. El rompecabezas de la memoria estaba casi completo: solo faltaba esta pieza improbable.

Claro, Desobedientes tenían que ser: rezagados entre los rezagados. ¡Perdón por la demora!

Yo toma la palabra cuando llega su turno. Cinco minutos de presentación. Temiendo flaquear, evita mirar a Camila, sentada entre el público. En menos de un minuto, cuenta, para empezar, su consabida historia. Con sorpresa, nota que las palabras se han vuelto menos densas: su relato se aligera, publicado y ahora compartido con compañeros cuya carga es mucho más grande. En cuatro minutos resume el posfacio: los mitos, los mandatos bíblicos, el desgarro en la palabra. «Por todo ello, fue para mí un honor contribuir con esta edición», concluye. Caro, Analía y Virginia intervienen también. Al final, cerca de diez Desobedientes suben al estrado para leer en voz alta fragmentos del libro. *Yo* los mira: sin conocerlos, los reconoce.

Una vez terminada la presentación, profundiza en ese reconocimiento: Topo Bejarano, aquel que, a los cincuenta y cuatro años, pudo decir MI PADRE FUE UN TORTURADOR (así, con mayúsculas); Bibiana Reibaldi, que logró poner en palabras los radicales dilemas de los Desobedientes; Ocarina H., que en la adolescencia se enfermó de secretos; Lizy Raggio, que aprendió a conciliar amor y rechazo; Pepe, desde luego; Lili, ya de vuelta de Toulouse; Caro, con quien conversa cara a cara por fin. Y Analía. Analía. Analía...

Analía Kalinec, hija de Eduardo Kalinec, comisario condenado a cadena perpetua por torturas, secuestros y asesinatos. No era médico y no tenía un diploma de doctorado. Pero, por oscuras razones —en la jerga militar, parece, la sala de interrogatorios era llamada «quirófano»—, se lo conocía como el Doctor K. Un torturador cruel, sádico, meticuloso.

Cuando cae preso, ya en democracia, Analía está convencida de que se trata de un error: «No puede ser. Es mi padre, un buen padre, un muy buen padre; un hombre afable, amoroso». Al cabo de diez años, se anima a investigar. Expediente en mano, lo interroga directamente sobre las acusaciones que pesan sobre él; el Doctor K confirma, intentando justificarse. La hija está destrozada. «El padre y el criminal no pueden ser la misma persona: no es posible». Pero es así. Para contar esta historia, para poner en palabras tanto dolor, para sobrevivir, ella también, a esta tragedia personal y colectiva, más tarde escribirá un libro: *Llevaré su nombre*. Ya que, a diferencia de Mariana Dopazo, decidió conservar ese apellido maldito, para reinventarlo.

Después de haber participado en la fundación de *Historias Desobedientes*, Analía se transforma en la presidenta. Solicitada por todos lados —agrupaciones de derechos humanos, escuelas, universidades, sitios de memoria–, lleva sobre sus hombros la responsabilidad de esta pequeña guerrilla de Desobedientes. Es sonriente, humilde, serena. Y muy carismática. *El tipo de mujer frente a la cual, dentro de veinte años, las chicas jóvenes se dirán: «Cuando sea grande quiero ser como ella».*

Yo se le acerca tímidamente. «Hiciste más que echarnos una mano –le dice Analía–. Los Desobedientes tenemos muy mala ortografía. Forma parte de nuestra tara: cargamos con la "falta" hasta en la escritura. Nos ayudaste a deshacernos de ese estigma al menos».

Sonríen, se abrazan, sororizan. Analía no lo sabe aún, pero dentro de poco tiempo dará testimonio frente a los tribunales contra el Doctor K, para evitar que le sea concedido el arresto domiciliario. Ella no sabe que muchas personas en su país, y en otros países, admirarán ese gesto. No sabe tampoco que su padre, ese padre afectuoso, ese padre amoroso, comenzará un proceso jurídico en su contra por «indignidad», para despojarla de la herencia de su madre fallecida: «Es por tu culpa que murió –le dirá él–. Tu desobediencia le provocó un cáncer». No sabe que el sufrimiento no ha terminado; que el desgarro se prolongará hasta el final. No sabe que se mantendrá digna, digna como las mujeres más dignas, tan «hija indigna» como podrá ser a los ojos de su padre. «Yo renuncio a mi herencia –le dirá ella– si tú revelas dónde están los cuerpos de las personas que hiciste desaparecer». Ella no sabe, no sabe, cuánto cariño y cuánto respeto *yo* siente por ella.

> *Analía.*
> *Y si este fuera*
> *mi último poema,*
> *insumisa y triste,*
> *raída pero entera,*
> *tan solo una palabra*
> *escribiría:*
> > *Compañera*[25].

---

[25]   Poema que Mauricio Rosencof, Tupamaro, dedicó a su compañero Eleuterio Fernández Huidobro cuando ambos se encontraban en prisión.

Un oxímoron ambulante

Buenos Aires, 24 de marzo, «Día Nacional de la Memoria». Apúntalo bien, prima: es una fecha que hay que retener para nuestra novela.

Salen a la calle, alrededor de quince, con su modesta bandera. La sobrina de victimario está ahí, con Camila. La otra, la hija de víctimas, se mantiene a distancia. La multitud es densa, la manifestación agitada. Cánticos, música, danzas, *performances*, contingentes avanzando hacia la plaza o detenidos junto a la vereda; individuos desorientados buscando a su grupo, fotógrafos errantes, curiosos circulando... Los manifestantes reparan en la inscripción que figura en la bandera: *Historias Desobedientes. Hijas, hijos y familiares*, etcétera. La palabra «genocidas» los interpela; les cuesta comprender en qué consiste este colectivo. Los Desobedientes los miran de vuelta: sus rostros desconcertados, las pancartas entre sus manos, la fotografía, en el pecho, de algún familiar desaparecido. «Que pase lo que tenga que pasar», le dice ella (ella, la sobrina de victimario) a Camila, hija del mismo victimario.

De pronto, el instante se carga de silencio. Se vuelve redondo, se cierra en sí mismo. ¿En qué piensan los unos y los otros? Imposible saberlo. Perplejidad. Sideración incluso. Los unos nada preguntan; los otros ninguna explicación dan. Los manifestantes se acercan, simplemente. «Que pase lo que tenga que pasar», vuelve a decirle a Camila su prima, tomándola de la mano. Las víctimas se plantan frente a los descendientes de genocidas... Y les tienden los brazos. Las lágrimas corren. Lloran los sobrevivientes, sin embargo curtidos por el dolor. Lloran los parientes de torturadores, por su parte acostumbrados al disimulo. El encuentro dura tan solo unos segundos, pero varios semejantes se producen camino hacia la plaza.

Son instantes que por su intensidad misma no dejan de tener algo de incomprensible, y también de insoportable: se confunden las ideas, se corta el aliento, y uno tiene la impresión de no caber en sí mismo. *Yo*, su prima y sus compañeros los retienen en la memoria como perlas de tiempo que se desprenden del curso habitual de las cosas.

¿Por qué?, se pregunta ella (ella, la hija de víctimas, siempre a distancia). ¿Por qué la presencia de *Historias Desobedientes* en manifestaciones como esta desencadena en los demás –militantes, familiares de ejecutados o desaparecidos, defensores de los derechos humanos– una emoción tan grande que rompe los diques? ¿Será solo por lo inesperado de este movimiento político? No. Tiene que haber otra explicación. El cuestionamiento de profundas creencias y certezas, individuales y colectivas, ya lo dijimos. Pero hay algo más. Es el vértigo que producen ciertas paradojas o aporías cuando adquieren una encarnación sensible. *Familiares de genocidas / por la memoria...* ¿Qué? Dos términos contradictorios convergen –la oscuridad se vuelve luminosa, el sol se vuelve negro, la belleza se vuelve terrible, el repudio se vuelve amoroso– y surge entonces el oxímoron, conduciendo al observador anonadado a dudar de su propia percepción: «No puede ser, no es posible»...

Una adolescente, nieta de un desaparecido, se acerca a Analía: «¿Acaso es esto una broma, una *performance*, una parodia? ¿De verdad son descendientes de genocidas? ¿Aquí, en esta manifestación, de verdad están del lado de las víctimas?». Posa su mano sobre el hombro de Analía, como muestra de solidaridad, pero quizás en el fondo para asegurarse de que no se trata de un holograma.

A ella también (ella, la sobrina de victimario) le cuesta creer que este encuentro está teniendo lugar. Había anticipado varios escenarios en torno a lo que, para ella como para otros sin duda, era motivo de gran incertidumbre e incluso de angustia: rechazo –hasta el insulto: «¡Familiares de cretinos, cretinos ustedes también!»–, desconfianza, indiferencia... Cualquier reacción era posible. Se había puesto zapatillas para echarse a correr en caso de necesidad. La vida no deja de sorprendernos: todo estaba previsto, pero no esto. No un recibimiento tan cálido por parte de aquellos que nacieron «del lado correcto» o de aquellos que, heroicamente, se mantuvieron en él. «¡Gracias! ¡Gracias!», les grita, con lágrimas en los ojos, una mujer al pasar. Las personas alrededor comienzan a aplaudir; primero diez, luego veinte, después treinta. Ella piensa (ella, la sobrina de victimario), o más bien sabe, que no merece ese reconocimiento ni esas muestras de cariño. Los compañeros también lo piensan, lo saben. Pero los aceptan como el regalo más grande que la Historia –la suya y la de su país– habría podido ofrecerles.

La desobediencia en Chile

En camino hacia Chile, junto con Pepe. «Dos personas nos escribieron –le dice él–. Otros Desobedientes como nosotros; descendientes de inmundos, de cobardes, dispuestos a defender nuestra misma causa con toda lucidez. Quieren sumarse al colectivo». Ahora son cuatro chilenos, después cinco, más un sexto que duda todavía. Cinco, seis: no es un batallón, pero no está mal para empezar. ¿Para empezar qué?

Yo se ve a sí misma entrevistar a unos y a otros. Se ve sororizar, fraternizar con ellos.

–¡No sororices demasiado! Eres la hija de íntegros militantes; el estigma de los Desobedientes no es exactamente el tuyo.

–Cállate la boca.

Se ve redactar un manifiesto con Camila, Pepe y los recién llegados:

Adherimos a los principios fundamentales de nuestros compañeros de Historias Desobedientes en Argentina: NOS OPONEMOS absolutamente AL NEGACIONISMO de quienes afirman que «esto no ocurrió» o que tendría alguna justificación posible, y, considerando el largo camino que queda por recorrer en materia de establecimiento de la verdad, de sanción de los culpables y de reconocimiento y reparación de las víctimas, NO NOS RECONCILIAMOS.

Se escucha a sí misma leer ese texto en el Museo de la Memoria y los Derechos Humanos de Santiago, frente a unas sesenta personas, entre militantes, simpatizantes y amigos. Declaración de principios que cierra la presentación de los *Escritos Desobedientes* y marca el nacimiento de *Historias Desobedientes-Chile*.

Se escucha hablar de sus compañeros; se ve a sí misma convertida en portavoz. Se ve, tiempo después, transformada en la presidenta –¡auxilio, Analía!– de este grupo de malparidos como ella –¿como ella? Sí, ella: la sobrina del traidor–. Seis primero, luego quince, más tarde ocho y finalmente seis de nuevo porque los demás dudan, no están listos. Es comprensible, cada quien se las arregla como puede con estas historias, cuál de todas más trágica que las otras.

Se ve a sí misma salir a la calle, pero ahora en Chile, el 11 de septiembre, día de la conmemoración del golpe. Se ve tomar el altoparlante. Se escucha decir frente a todo el mundo que somos los descendientes de torturadores y estamos a su lado, compañeros.

En la revuelta social que habría de producirse tiempo después, al medio de la Plaza Italia, rebautizada Plaza de la Dignidad, se escucha lanzar un llamado a la desobediencia dirigido a los represores actuales y a sus hijos: «¡La desobediencia es un derecho, un deber en estas circunstancias!». Con el mismo altoparlante se escucha rendir homenaje a Mauricio Fredes, joven manifestante asesinado por la policía ahí, cerca de la plaza, hace unas semanas: «¡Los represores de hoy pueden ser los genocidas de mañana! Tus asesinos, Mauricio, podrían haber sido nuestros padres o familiares».

Se ve correr con todas sus fuerzas junto a los demás manifestantes, huyendo de las bombas lacrimógenas. Se ve buscar entre la multitud, desesperadamente, a Camila, que la busca también. Se ve encontrándola, empapada como ella por el agua del guanaco. Se ve aliviada.

Se escucha hablar frente a los periodistas de Chile: los de radio *Bío-Bío*, los del periódico *El Desconcierto*. Luego ante el entrevistador de *France 24*, para «Escala en París», programa de noticias difundido en América Latina. «Soy sobrina de un torturador e hija de expresos políticos»: es una lástima que el título del reportaje sea tan crudo, tan egocéntrico, porque *yo* habla únicamente de los *otros* –cree la ilusa–. Su caso no es representativo; lo dijo desde el principio, lo advirtió claramente: «¡Aquí tampoco soy legítima!». Quiere pensar que es solo sobre ellos, respecto a ellos, que se expresa.

Ahora habla, en todo caso. Esta «usurpadora, fisgona, traidora... ¡y encima negacionista!», ahora habla, la muy descarada. Se ve conversar con Mariano Puga, el cura obrero, figura emblemática de la teología de la liberación, fallecido unos meses después de la entrevista. «Descendientes de torturadores por los derechos humanos»: El sacerdote no lo puede creer.

Se escucha a sí misma intervenir en un programa de radio en Bélgica; se ve a sí misma escribir un artículo para el *Patriote résistant* en Francia y para *Le monde diplomatique* en Chile. Descubre su fotografía circulando en las redes sociales.

Se ve comprometida. Se escucha decir todo lo que no debía decir: hija de tales, sobrina de tal otro. Se escucha decir tanto como puede, tanto como hace falta. Porque en el fondo sabe que el asunto no es ese: no habla «de los otros», como quiere creerlo, sino por ellos, con ellos. En nombre de esos *otros* que son también *yo*.

Cara a cara con Guerrero

Escribe el texto de su intervención la tarde previa, en cama. *Camila le aplica compresas de agua tibia sobre la frente. La hace tomar una aspirina. Le prepara un caldo de pollo, le da un té de manzanilla.* Porque el síndrome del conflicto ético está de regreso. Sin embargo, se trata solo de un conversatorio. En la Universidad de Chile, frente a un público restringido. El tema de la discusión será el negacionismo. *Yo* lo conoce bien; estuvo confrontada a él en vivo y en directo durante su entrevista con El Fanta. Material de análisis no le falta: en Chile, cualquier persona —periodista, político, militar— puede afirmar públicamente, en los periódicos, en la televisión o en la radio, y sin que ello provoque escándalo, que durante la dictadura no hubo violaciones a los derechos humanos.

Pero, nuevamente, el problema es de otro orden: entre los participantes se encontrará Guerrero. Manuel Guerrero, hijo de Manuel Guerrero. Ese chico, ahora adulto, ahora sociólogo, que frente al Colegio Latinoamericano de Integración había tenido un último diálogo con su padre antes de que llegara el Chevrolet Opala.

Entrevistar a Guerrero hijo: estaba apuntado en su cuaderno. Pero no lo hizo. No podía, no estaba lista. Se dijo que nunca estaría lista.

Los organizadores de la mesa redonda la previnieron: Guerrero estará ahí. Les respondió de inmediato: «Es a él a quien tienen que avisarle, ahora mismo; díganle que la sobrina del criminal también está invitada; díganle que declinará su participación si a él le resulta insufrible su presencia, si no quiere encontrarla; díganle que ella lo entenderá». Pero él aceptó.

Escribe pues el texto de su presentación la tarde previa, en cama.

La noche es corta. Acosada por las pesadillas, duerme mal.

Llega a la universidad temprano por la mañana, adelantada. Los compañeros Desobedientes están ahí también, para apoyarla y porque hablará a nombre del colectivo. Tiene náuseas, palpitaciones. «Mi corazón va a explotar», piensa. «Si muero ahora, al menos habrá sido por una buena causa. Bella conclusión del relato "Muerta por la (pos) memoria", dirá mi epitafio».

Pasan quince, veinte minutos. Sentada en un banco del jardín, espera. Es Pepe quien se lo anuncia: «Ya llegó; está aquí». Guerrero. Manuel Guerrero, hijo de Manuel Guerrero.

Con las piernas temblorosas, camina hacia el auditorio. Algunas personas conversan frente a la puerta. Personas que, en su mayoría, saben que este encuentro será mucho más que un intercambio académico. Entonces lo ve: Manuel Guerrero, hijo de Manuel Guerrero. Está hablando con uno de los organizadores. Se acerca; se planta frente a él, a unos cuantos metros. Él cesa el diálogo con su interlocutor. Silencio. De pronto, silencio. Los asistentes se callan, los profesores en las aulas también; los automóviles en las avenidas se detienen, los peatones en las veredas también; en los jardines públicos, los pájaros dejan de cantar; el viento no sopla más, la ciudad entera enmudece. Él la mira. En los rasgos de su rostro *intenta quizás reconocer los del criminal, buscando atisbar en sus ojos la última mirada que le dirigió a su padre.* La mira, la mira. Ella lo mira de vuelta. A los ojos, fijamente. Durante cinco segundos, diez, un minuto. Una hora, un siglo, una eternidad. Todo lo contiene esa mirada: la muerte, el dolor, la vida, la esperanza. Tu historia, mi historia. La Historia.

Desde la herida

En el auditorio, sentada frente a una gran mesa en el estrado, se escucha hablar:

«Es para mí sumamente significativo y conmovedor encontrarme en este conversatorio junto a los conferencistas aquí presentes, y en particular junto a Manuel Guerrero; junto a ti, Manuel, porque el destino nos colocó en lugares tan distintos que, en lo que a mí respecta, hasta ahora una situación como esta me había parecido inconcebible, así como impensable cualquier palabra en torno a experiencias que nos conducen al centro mismo de lo inefable.

«Debo reconocer que probablemente lo que hoy me permite lidiar con la inmensa carga afectiva que este encuentro tiene para mí, es la posibilidad de atribuirle una dimensión política en el más amplio sentido del término. Es así, creo yo, como podemos trascender nuestros relatos individuales para sacar juntos lecciones del pasado y proyectarnos, juntos también, hacia el futuro.

«Considero justamente que el tema del negacionismo es un excelente punto de partida para explicitar nuestras posiciones respectivas, marcados como estamos todos, cada cual a su manera, por el sello implacable de la Historia.

«En lo que a mí respecta, hija de expresos políticos y sobrina de un victimario tristemente célebre, he decidido adoptar una posición activa en la construcción de la memoria sumando mi propia vulnerabilidad a la de otros, en el marco del colectivo *Historias Desobedientes.*

«Desde esta fractura hablo hoy, desde esta herida que ha atravesado las generaciones. Y si lo hago así no es porque sea más fácil, sino porque me parece ser finalmente lo más honesto, y porque es evidente que en esta región que era indispensable explorar, queda mucho por hacer. "Nos asumimos como lo que somos", dicen los Desobedientes, "personas que tenemos un vínculo de parentesco con los asesinos, torturadores, encubridores y responsables de los crímenes de lesa humanidad perpetrados durante la dictadura chilena". Es en tanto integrante de ese colectivo que hablo aquí».

Respira. Lo que sigue es más sencillo, más fácil de controlar. Como siempre, al llegar a su pequeña isla teórica, se aferra a ella.

Guerrero interviene a su vez. Le agradece por sus palabras. Le dice que está conmovido también. Sí, está conmovido. Conmovido como ella, como los otros participantes, como los Desobedientes, como el público. Como los profesores en las aulas, los conductores en sus vehículos, los transeúntes en las calles; como los pájaros, el viento, la ciudad entera. Como Manuel Guerrero padre, en este preciso instante, sentado en su inmensa silla cara a cara con las montañas, cerca de Quilicura.

Él escogió como tema de su intervención las implicaciones del negacionismo en los torturadores; en su imaginario, en su psique misma. Probablemente piensa en el asesino de su padre; cuarenta años después del crimen, aún sigue tratando de comprender. *Yo* piensa igualmente en él. Y también trata de comprender.

Al término de la sesión, el uno y la otra se encuentran frente a la puerta del auditorio. Se hablan. Pronuncian palabras que no repetiremos aquí, porque esta conversación los concierne solo a ellos. Se dicen adiós, hasta pronto. Hasta pronto, sin duda. Se abrazan. Él, el hijo de la víctima; ella, la sobrina del victimario.

«Parada, Guerrero, Nattino»...

Con el hijo de José Manuel Parada –Camilo, Camilo Parada–, el efecto del intercambio, varios meses después, se vio atenuado por la distancia. A través de un mensaje telefónico, le propuso hablar en representación de los Desobedientes en un programa de radio anticapitalista. Agregando: «Un día nos encontraremos, nos tomaremos una cerveza y nos reiremos de todo esto». De acuerdo en lo que respecta a la cerveza. Pero por lo demás... Mi tío participó en el asesinato de tu padre. Tenías apenas nueve años, Camilo, y te quedaste huérfano. ¿Tenemos derecho a reírnos, aunque duela?

Conoce la respuesta. Los otros rezagados como ella –la Princesa Montonera, Ángela, Rafael, pero también Caro, Analía, Pepe, y Camila, Camila, Camila, cuya sonrisa brilla como el sol (ay, prima, ¡somos tan cursis!)– se lo han enseñado a lo largo de los años: reírse, aunque duela; sobre todo si duele. Reírse juntos desde la herida. Reírse juntos de la herida.

Adenda

Llegada a este punto, tan lejos como le era posible –hasta el fin de sí misma, hasta el fin del mundo: ahí donde la tierra termina–, *yo* vuelve a Francia. Con su maleta verde comprada de rebaja en la calle Strasbourg-Saint-Denis, vuelve a su «país de acogida», que es también su patria. Como Chile, como México.

Cierto día se comunica por correo electrónico con la responsable de la Asociación de expresos políticos chilenos en Francia: «Estimada, le escribo porque me gustaría saber si su Asociación estaría interesada en la presentación de un libro. Un libro bastante singular: *Escritos Desobedientes*. Fue publicado por los integrantes de un colectivo muy singular también. Por cierto, yo misma formo parte de él». Repite su consabido relato... Sorprendentemente, la destinataria responde a la brevedad: «Por supuesto, estamos interesados; podemos organizar juntos la presentación».

Son simpáticos estos expresos políticos. Nunca se había atrevido a acercárseles. A su contacto encuentra algo que buscaba desde hace tiempo. Otro fragmento de un sueño quebrado en mil pedazos. «Los extrañé tanto», quisiera decirles. Se escucha llamarlos *compañeros*, como si ya los conociera. Los conoce, en realidad. «Fui una hormiga: caminé por los pasillos de una prisión, entré en cada celda...». Estuvo ahí, a su lado. Fue también ellos —*he sido el compañero*—, preguntándose si lograría o no sobrevivir.

Se ve a sí misma sororizar, fraternizar con todos. «¡No sororices demasiado! Eres la sobrina de un victimario; el sufrimiento de las víctimas no es exactamente el tuyo». «Cállate la boca».

Al cabo de varios encuentros, uno de los compañeros le pregunta: «¿Quieres sumarte a nosotros?». Sí, sí, sí, quiere. Claro que quiere. Durante años lo deseó más que nada en el mundo. La hija de víctimas acepta, agradecida, honrada. La otra, la sobrina de victimario, se mantiene a distancia: «Es tu turno, ahora».

Ahora, lector, todo lo sabes –o casi todo–. *Yo* te contó aquello que era narrable: lo que vivió, lo que no vivió, lo que imaginó. No sin temores, no sin pudor, te reveló su secreto a voces. Te hizo contemplar su Aleph –que, como sabemos, era un falso Aleph–. Demasiado llena o demasiado vacía, dijo lo que tenía que decir. El resto –porque siempre hay un resto– son relatos que sus hijos y tus hijos contarán a su vez. Y los hijos de nuestros hijos. Para construir su propia memoria hasta que la herida cicatrice. Hasta que el dolor, cada vez menos punzante, se apague dulcemente y se retire, como la marea, fundiéndose en la Historia.

Yo te mostró de dónde viene. Te llevó a recorrer sus paisajes: paisajes del exilio, paisajes de la muerte, paisajes de una memoria que la atraviesa. Te habló de los otros. Y de esos otros que *yo* es también: *descendientes de expresos políticos, de torturados, de detenidos desaparecidos, de exiliados, de neutrales, de victimarios incluso.* Te invitó a compartir sus penas y alegrías, que son también las de ella. Pena por lo que han perdido; alegría por lo que, imaginando, no dejan de encontrar.

Te habló del vacío. Largamente giramos en torno a él estuvo a punto de aspirarnos, pero resistimos.

Ahora, lector, que todo lo sabes –o casi todo–, ahora que *yo* ha dicho lo que tenía que decir, ha pasado la resaca y, con ella, el tiempo de sobrevivir. O de sobrevivir a la sobrevivencia de aquellos que nos preceden. Ahora, lector, tan fragmentados y múltiples como somos, es tiempo de vivir.

El golpe que te dieron
lo repartiste alrededor de tu alma,
lo dejaste caer de ropa en ropa
manchando los vestuarios
con huellas digitales
de los dolores que te destinaron
y que a ti solo te pertenecían [...].

¿Y un día de dolores como espadas
se repartió desde tu propia herida?
Sí, sobrevives. Sí, sobrevivimos
en lo imborrable, haciendo
de muchas vidas una cicatriz,
de tanta hoguera una ceniza amarga
y de tantas campanas
un latido, un sonido bajo el mar[26].

---

[26]   Pablo Neruda, «Sonata con dolores», *Geografía infructuosa* (1972).

ÍNDICE

Martin
Burgos
El arte del exilio
LOM

Marco
Fajardo
Mi exilio dorado
LOM

Jaime
Collyer
Gente en las sombras
LOM

Rossana
Dresdner
Pasajeros en tránsito
LOM
REPUBLICA DE CHILE
STOCKHOLM

ESTE LIBRO HA SIDO POSIBLE POR EL TRABAJO DE

COMITÉ EDITORIAL Silvia Aguilera, Michel Bonnefoy, Ramón Díaz Eterovic, Mario Garcés, Jorge Guzmán, Tomás Moulian, Naín Nómez, Julio Pinto, Paulo Slachevsky, María Emilia Tijoux, Ximena Valdés, Verónica Zondek **SECRETARIA EDITORIAL** Marcela Vergara **PRODUCCIÓN EDITORIAL** Guillermo Bustamante **PROYECTOS** Ignacio Aguilera **PRENSA Y REDES** Anet González **DISEÑO Y DIAGRAMACIÓN EDITORIAL** Leonardo Flores **CORRECCIÓN DE PRUEBAS** Raúl Cáceres **VENTAS** Elba Blamey, Olga Herrera, Ilva Calderón, Francisco Cerda **BODEGA** Paola Estévez, Juan Huenuman **COMERCIAL GRÁFICA LOM** Elizardo Aguilera, Eduardo Yáñez **PRODUCCIÓN GRÁFICA** Débora Ramírez **DISEÑO Y DIAGRAMACIÓN** Luis Ugalde **PRODUCCIÓN IMPRENTA** Carlos Aguilera **SECRETARIA IMPRENTA** Jasmín Alfaro **IMPRESIÓN DIGITAL** Alexander Barrios **IMPRESIÓN OFFSET** Francisco Villaseca, Eduardo Cartagena **ENCUADERNACIÓN** Rosa Abarca, Edith Zapata, Carla Díaz, Angélica Oporto, Gonzalo Narváez, Yolene Fleuridor, Carlos Muñoz, Juanita Rubilar, Luis Herrera, Javiera Narváez **DESPACHO** Susana Garfias **MENSAJERÍA** Juan Flores **MANTENCIÓN** Jaime Arel **ADMINISTRACIÓN** César Delgado, María Paz Hernández.

LOM EDICIONES